夜《よる》の帳《とばり》、儚《はかな》き柔《やわ》肌《はだ》

鈴木あみ

白泉社花丸文庫

遊郭言葉辞典

お職…………おしょく。その娼家の中で最も売れっ子の遊女。（大見世ではこの呼び方はしなかったようですが、本作ではこれで通してます）

妓楼主………妓楼（遊郭）の主人。オーナー。

清掻き………張り見世を開くとき弾かれる、歌を伴わない三味線曲。「みせすががき」とも。

引っ込み禿…遊女見習いの少女で、特に見込みのある者。芸事などを習わせ、将来売れっ子になるための準備をさせた。（本来、13～14歳までの少女たちであったようですが、本作では16歳までは禿扱いになっています）

遣り手………遊郭内の一切を取り仕切る役割の者。遊女上がりの者がなることが多かった。

夜《よる》の帳《とばり》、儚《はかな》き柔肌《やわはだ》　もくじ

イラスト／樹要《いつきかなめ》

夜《よる》の帳《とばり》、儚《はかな》き柔肌《やわはだ》

忍《しのぶ》の生まれてから最初の記憶は、はらはらと舞う雪だった。

気がつけばそれを見上げて、取り壊された風俗ビルの跡地に、一人でぽつんと立っていた。

かじかむ両手を擦《こす》りあわせ、息を吹きかける。

――すぐに、戻ってくるからね
寒くて心細かったけれど、そう言った母親の言葉を信じたかった。でも忍は、本当は告げられた瞬間から、それが嘘《うそ》だと知っていた気がするのだ。

――これは、ねえ……

――棄《す》て児《ご》でしょうね
――ええ、たぶん
いつのまにか忍のまわりに集まっていた大人たちが、困惑《こんわく》して囁《ささや》きあう。襟《えり》に毛皮のついた立派なコートを着た若い紳士と、彼に従ってきたらしい男たちだった。

彼らの会話を聞くうちに、母親の勤めていた店の跡地に、新しく遊廓《ゆうかく》を建てるお金持ちの人と、その部下たちなのだということが、忍にもわかった。

――前に建ってた店の女の子が棄てていったんでしょうかねえ……。昔ならうちの禿《かむろ》にして、ゆくゆくは見世《みせ》に出すところでしょうが……

――今でも、そうして悪いことはないでしょうコートの男は微笑《ほほえ》んだ。しかし他の男たちは顔を見合わせる。

――でもこの子は、あまりモノになりそうにありませんよ。特に悪いというわけではないが、地味な顔立ちだし、取り立てて良いところといえば色が白いことくらいで……

(見捨てないで)

忍は思った。

彼らに拾われたらどうなるのか、薄々は悟っていたと思う。それでも、忍は誰かに、自分を拾い上げて欲しかった。彼らのところでする仕事はたぶん、お母さんがしていたのと同じだから大丈夫。そしてもう、お母さんはきっと戻ってはこないから。

――人の好みはいろいろだから

と、男は言った。

――こういう子がいいというお客様もいらっしゃるでしょう

そして忍に手を差し伸べる。

――私の見世の子に、なりますか

忍はこくりと頷き、男の手をぎゅっと握り締めた。

売春防止法が廃止され、一等赤線地区が復活したのは、この翌年のことであった。以来、昔ながらの遊廓や高級娼館《しょうかん》等が再建され、吉原はかつての遊里《ゆうり》としての姿を取り戻すことになる。

【1】


廓《くるわ》の遅い朝。

料亭風の優雅《ゆうが》なつくりをした見世の紅殻格子《べんがらこうし》の前には、仕出し屋が車を引いて総菜《そうざい》を売りに来る。

大見世とはいえ、花降楼《はなふりろう》では朝食には白飯と味噌汁しか出ないのがしきたりだから、他のものが欲しければ自腹で買う決まりだった。

禿たちがお使いで、禿を持たない色子《いろこ》は自分で、小鳥のように群がって総菜を買う。

花降楼では、花魁《おいらん》を傾城《けいせい》、娼妓《しょうぎ》を色子と呼ぶ。そして色子見習いとして彼らに付き従う子供たちを禿と呼んだ。

そんな朋輩《ほうばい》たちを眺めながら、忍はこっそり自分の財布を覗《のぞ》いた。そしてため息をつく。

(お魚、食べたいな……)

もう何日くらい満腹するまで食べていないだろう。指を折って数えそうになり、小さく首を振った。

（だめだめ。次、お客さんがついたら、って決めたんだから）

総菜を食べたければ自分も買えばいいのだが、あまり稼ぎのない忍には、それだけの金《きん》子《す》の余裕がなかった。

色子が客をとった場合、花代に、台の物といわれる料理の代金などをあわせた額から、何割が見世の分、何割が借金の返済にあてられ、何割が色子自身の取り分になる、とはっきり決まっていた。客がつかなければ、手許《てもと》もどんどん寂《さび》しくなるのだ。

とぼとぼと忍は膳所《ぜんしょ》に戻り、白飯と味噌汁、そして以前買った漬《つ》け物《もの》の残りだけの朝御飯を食べはじめる。

もう水揚《みずあ》げから一年たつけれども、忍はまだお茶を挽《ひ》くことが多かった。お茶を挽くとは、一晩中客がつかないことをいう。まだ……というよりこれからも、なのかもしれないけれども。

決して見目がそれほど悪いというわけではない。鼻も口も小さくて、全体に地味でおとなしい印象だが、目は黒眼がちで大きいほうだし、歳よりはやや幼く見えるが、可愛らしい顔立ちと言われたこともあった。他の見世なら、もしかしたらそれなりに人気の色子になれたかもしれない、とも。

けれどここには、つくりもののように美しい顔をした傾城や、どんな男でも惹《ひ》きつけられる妖艶《ようえん》な容姿をした傾城が山ほどいるのだ。皆、ほんの子供の頃に買われてきたはずなのに、素質を見抜く妓楼主《ぎろうしゅ》の目は確かだ。

そんな中で、どこの店でも買える程度の目立たない妓《こ》を、他の店とは比べものにならない大金と手間暇をかけて買おうとする男は、とても少ない。

それに忍はどちらかといえば引っ込み思案《じあん》で、一生懸命やってはいるのだが、客に浮いた言葉を囁《ささや》くのがどうしても苦手だった。それは客商売として致命的だ。特別に床上手《とこじょうず》だとか、そういう売りでもあればよかったのだが、そちらの方も忍はまだあまり得意ではなかった。

(で……でも頑張ろう。それはだんだん上手になれるかもしれないし)

忍は決意も新たにする。

「あっ」

その瞬間、思わず声を上げた。

目の前の自分の小皿にさっと箸《はし》が伸びてきたかと思うと、昆布の漬け物が攫《さら》われていったからだった。

「……俺の……っ」

「ぼうっとしてるから、食べないのかと思って?」

悪びれもせずそう答えたのは、ちょうど向かいの席に座っていた椿《つばき》だった。

忍と同年で、水揚げを済ませたのも同じくらいの時期だったのだが、美貌《びぼう》の椿はもうすっかり売れっ妓《こ》になってしまっている。将来有望な引っ込み禿だった椿と、お情けで拾ってもらった自分とでは、最初から身分が違ってはいたのだったが。

「それは今から……」

昆布の漬け物は、忍の大好きなものだった。ささやかな売上げを工面《くめん》して買い、それももう今日で最後だったのに。

「へえ、口答えするんだ？」

椿は意地悪く笑う。黒い瞳がきらきらと光り、美人はそんな顔さえ美しかった。

「穀潰《ごくつぶ》しのくせに」

そう言われると、忍はもう反論できなかった。色子になって一年もたつのにお茶を挽いてばかりいる自分のような妓は、穀潰しと言われても仕方がないのだ。実際、見世は売れっ妓の稼ぎで成り立っているから、売れない妓は彼らに食べさせてもらっているも同じ身分だった。

黙り込む忍に、椿は小さな鹿《か》の子《こ》の巾着《きんちゃく》を投げてきた。

「？」

「小銭が入ってるから、卵焼き買ってきて」

「え……でも」

お使いに行くのは禿の仕事で、一応同輩である忍が行かされる筋合いはないはずなのだが。

「うちのは今、別のお使いに出てんだよ。それに、さっき足を挫《くじ》いて歩けないし。……お金、余ったらおまえの分も買っていいからさ」

躊躇《ためら》う忍を、椿はじろりと一瞥《いちべつ》する。

「俺の頼みが聞けないっての？」

忍は小さな吐息《といき》をついて立ち上がった。昔から椿は我が儘《まま》だ。足を挫いたというのも多分嘘《うそ》だろうが、本当だったら可哀想《かわいそう》だし、すぐ表までお使いにいくことなど、造作《ぞうさ》もないことではあった。

鹿の子の巾着を持って表へ出ると、仕出し屋の車は既《すで》に店じまいして次へ行こうとしているところだった。そこを何とか引き留めて卵焼きを買う。

そして皿を持って膳所へ戻る途中で、綺蝶《きちょう》に会った。

「お。今日は卵焼き付きか。よかったな」

忍の手の小皿を見て、綺蝶は言った。

綺蝶は花降楼でもしょっちゅうお職《しょく》を張っている売れっ妓の傾城だった。茶の髪、茶の瞳に洋風の顔立ちをしているが、とても華やかで美しい。忍が禿のころ部屋付きだった傾城蜻蛉《かげろう》とともに、二枚看板だと言われていた。

けれど性格には気取ったところがなく、自分の部屋付きだったわけでもない忍にも、綺蝶はよくかまってくれる。忍のことが可愛いからというより、別の理由があるからだとはわかっていても、嬉しかった。

「これは椿のです」

忍は苦笑して答える。

「椿が、足を挫いたって言うから」

「なんだ？　パシリに使われてんのか」

「足、ねえ。さっきまで全然元気そうに歩いてたけど？」

やはりあれは嘘だったらしい。綺蝶が呆《あき》れたように吐息をついた。

「おまえもさ、わかってんなら断りゃいいのに」

「大丈夫です。これくらい、たいしたことじゃないですから」

椿に意地悪を言われるのは悲しいし、嘘をついて使われるのも気持ちいいものではないが、あまり腹は立たなかった。彼を嫌ったり憎んだりもできない。言われることがどうしようもなく事実だということもあるし、椿くらい綺麗《きれい》だったら、我が儘なのも仕方がないような気がしてしまうからだ。何よりも美貌がもて囃《はや》される廓育ちのためか、美人相手だと無条件に憧れを感じてしまい、何でもゆるしてしまうところが忍にはあった。

そんな忍の思いが顔に出るのか、綺蝶は忍の頭をぽんぽんと叩いた。

「おまえ、自分で思ってるほど捨てたもんじゃないんだからさ、もっと自信持てよ。そしたらもっとお客だってつくようになるから」

「はい……」

「張り見世に出るときだって、場所が空《あ》いたら前のほうへ行っていいんだからな。格子の傍《そば》へ行って、にっこり笑いかけて誘ってみな？」

「はい」

忍はこっくりと頷いた。よしよし、と綺蝶は頭を撫でてくれる。

「で？　これしか買わなかったのかよ？」

「え？」

「金が余ったら自分の分も買っていいとか何とか、言われなかった？」

「どうしてわかるんですか？」

忍は目を見開く。

「いや……勘《かん》というか」

綺蝶は言葉を濁《にご》す。

「で、なんで買わなかったんだ？」

「そういうわけにはいきません」

黄金《こがね》色の温かそうな卵焼きにはとても心惹かれたけれども、いくら椿がいいと言っても、やっぱりこれくらいのことで奢《おご》ってもらうわけにはいかないと思う。

忍の答えを聞いて、綺蝶は苦笑した。

「早く持っていってやりな」

「はい」

忍は一礼して、綺蝶の傍を離れた。

膳所に戻ると、椿の前に卵焼きの皿を置き、巾着を返す。椿はその中を覗いて言った。

「自分の分、買わなかったんだ」

「うん……」

「あ、そ」

それだけ言うと、後は無言で卵焼きを食べはじめる。

忍は取り残されたような気持ちで、少し呆然《ぼうぜん》とした。別にお礼を言って欲しかったわけではないけれども。

ため息をつきながら、自分の席へ戻る。

そして昆布の漬け物をとられ、冷めた白御飯と味噌汁だけになったお膳を見下ろした。

椿は、食べたかったからというより、忍に意地悪をしたかったのだろう。いくらでも自分の稼ぎで食べられるのだから、忍のささやかなおかずまで盗《と》らなくてもいいのに。

(でも、頑張ろう)

少し悲しくなりながら、忍は白御飯に味噌汁をかけて掻《か》き込んだ。

朝食を済ませると、色子たちは風呂に入ったり馴染《なじ》みに手紙を書いて誘ったり、さまざまな用事をして昼食までを過ごす。

一日のうちで一番、ゆったりとした時間だった。

そして陽が落ちる頃になると清掻《すが》きの音が響きはじめ、予約で一杯になる一握りの売れっ妓たちを除き、色子たちはうち揃って張り見世につくのだった。

その座る順序には序列があり、花代の多い妓を中心に左右へ順に座っていくことになる。

鮮やかな仕掛けを羽織《はお》った色子たちが並ぶ紅殻格子の中は、夢のように華やかだった。

彼らは手練手管《てれんてくだ》で客を引き、一人、また一人とお客がついて、二階へ登楼《あが》らせていく。

「お先に」

馴染みの客が現れたらしい椿が、わざわざ忍に声をかけ、意地悪な笑《わら》みを投げていった。

忍は小さく吐息をついた。道行く素見の客に微笑いかけたりしてみるのだが、忍を買ってくれる人はまだ現れなかった。

（お腹空《す》いたな……）

呟《つぶや》いて、前結びにした帯の上からそっと手を当てる。

昼食には、朝食のものに加えて、見世の厨房《ちゅうぼう》でこしらえられたささやかな一品がつく。けれど育ち盛りにはとても足りなくて、すぐにまた空腹になってしまうのだった。

そのうえ、夕食は出ないのも廓の決まりだった。禿のうちは、自分が付いている傾城が見世と一緒に算段してくれるが、一本立ちしたあとは、食べたければお客をとって、そのお客に台の物と呼ばれる仕出しをとって食べさせてもらわなければならない。お茶を挽けば、当然食いはぐれることになった。

(大丈夫。まだ宵《よい》の口なんだから)

つい諦《あきら》めてしまいそうになる自分を、忍は鼓舞《こぶ》する。

——もっと自信持てよ。そしたらもっとお客さんだってつくようになるから

(って、綺蝶さんだって言ってたし)

忍はなるべく前向きなことを考えようとした。

(今夜きっと……もし、お客さんがついたら、明日はお魚買おう)

本当はお客がつけばそのお客に奢ってもらうべきなのだが、せっかく自分のような余者を買ってくれたお客に更にねだるのは、なんとなく悪いような気がしてしまうのだ。客のほうから言ってくれたときや、宴会の残り物などはありがたく頂くけれども、自分からは、忍は言えなかった。

(それに、今日食べられなかったから、昆布のお漬け物も)

ちょっと贅沢《ぜいたく》かな、とも思うけれども、

（でも、昆布は髪が綺麗になるっていうし）

忍は髪が茶色のうえ少しふわりとしていて細く、伸ばすと裾《すそ》のほうが緩《ゆる》く内巻きの巻き毛になってしまう癖《くせ》があるのだ。それはそれで味があるのかもしれないが、やはり着物には合わないと思う。椿や蜻蛉のようなまっすぐで綺麗な黒髪に、忍は憧れた。同じ茶髪でも綺蝶くらい派手な顔立ちをしていれば、却《かえ》って粋《いき》に見えるのだろうけれども。

中引けと呼ばれる真夜中が近づいてくると、張り見世もがらがらになる。こんな遅くまで売れ残っている妓は他にはいなくて、先の客を帰した二巡目や三巡目の妓が何人かいるばかりになっていた。

いつものこととはいえ、忍はひどく肩身が狭かった。

結局、今夜もお客はつかないかもしれない。

空腹も、どんどん借金が嵩《かさ》んでいくことも辛《つら》いし、遣《や》り手に叱られたり、朋輩に哀《あわ》れまれ、蔑《さげす》まれることも辛い。

けれど一番辛いのは、自分が誰にも買ってもらえない、誰からも必要とされない余計者だと思い知らされることだった。

――人の好みはいろいろだから、こういう子がいいというお客様もいらっしゃるでしょう……

そう言って忍を拾ってくれたオーナーも、今ごろは忍をこの見世の子にしたことを後悔しているかもしれない。

（せっかく期待してくれたのに）

煙草盆《たばこぼん》に置いた煙管《キセル》に小さく映る自分の白い顔を見ると、ひどくやるせない気分になる。どうせ最後まで売れ残っているだけなら、一刻も早く自分の部屋へ逃げ帰りたいような気持ちだった。けれどそんなことがゆるされるわけもない。

奥から張り見世を覗く、遣り手の鷹村《たかむら》の呆れ果てたような視線とぶつかって、忍は気を取り直そうとする。

――場所が空いたら、前の方に行ってにっこり笑いかけてみな？

綺蝶の助言を思い出し、そろそろと紅殻格子ににじり寄った。張り見世もこれくらい空けば、誰も咎《とが》め立てはしないはずだった。もっとも、夜が更《ふ》けて、道行く人の数もぐっと少なくなっているのだったが。

忍は通り過ぎる男に、にこりと微笑いかけてみた。

目が合ったのは、三人連れの若い男の一人だった。優雅な長身に仕立てのよさそうな洒《しゃ》落《れ》たスーツを纏《まと》った、びっくりするほどの美形だった。

いくらなんでも、あれは高望み過ぎだと思う。ああいう男が、忍のような妓を買ってくれるとはとても思えなかった。

忍は一人で赤面し、顔を伏《ふ》せた。

「へえ……蘇武《そうぶ》の若様じゃないか」

「え？」

そのとき降ってきた声に、忍は思わず振り向いた。

すぐ後ろに椿が立っていた。最初の客を送り出したあとらしい。客が帰れば何度でも張り見世に出て、とれる限りの客をとらなければならない決まりだった。

「蘇武グループのお坊ちゃまだよ。悪友たちに連れられてときどき来るみたいだけど」

椿は格子越しに通り過ぎていく男たちを眺める。

蘇武グループという名前は、忍でも聞いたことがあった。流通関係が一番有名だが、その他にもたくさんのその名を冠《かん》した企業がある。ますます遠い存在に思えた。

「若いし美男だし、大金持ちで気前もよくて、どこの店でも大人気らしいね。色好みだけど特定の馴染みは持ったことがないんで、若様を落とせたら名前が上がるって、あちこちの売れっ妓が血道《ちみち》をあげてるんだってさ。当然外の世界でも相当もてるんだろうし、いくらなんでもあれは高望みじゃないの？」

自分でもわかっていることをわざとのように言われ、忍は黙り込む。

「それに、あの人はどんな高級娼館に泊まっても、うちみたいな遊廓の大見世には登楼らないよ」

「え？」

「特定の馴染みは持たないって言っただろ？」

「あ……」

大見世では、客の初めての登楼《とうろう》を初会《しょかい》、二度目を裏と呼ぶが、客はその二回目までは敵娼《あいかた》を抱くことはできない。三度来てようやく同衾《どうきん》できるのだ。そしてこの三度目以降を馴染みと呼ぶ。つまり一度寝ただけで、馴染みになったことにされてしまうのだ。

花降楼は、馴染みを持たない主義の若い男には、適さない遊び場と言えた。

「で？」

「え？」

「いつまでそこにいるつもり？」

どいてくれる？　と、椿は艶美《えんび》な表情で微笑んだ。

忍は自分が張り見世の真ん中まで出てきていたことを思い出した。

「ごめんなさい」

慌てて椿に場所を譲る。

隅の方へ戻って座りなおしながら、忍は今聞いた椿の話を思い返していた。

（蘇武グループの若様か……）

その呼び名にふさわしい気品のある姿だった。名をあげる目的だけでなく、夢中になる娼妓《しょうぎ》もたくさんいるのだろう。

（でも馴染みは持たないんだって……どうして？）

考えても仕方のない、縁のあるはずもない男だ。

つい知りたく思ってしまう気持ちを可笑《おか》しく思いながら、忍は再び格子に向かった。通りを行く人に微笑を投げかける。

けれど笑顔もまた寂しげな自分を知っていた。

せめて、もっと明るい顔だったら。見ただけでお客さんが元気になってくれるような、そんな顔だったらよかったのに、と忍は思った。


やがて大引けの頃、忍は一人、ふらふらと庭に面した廊下《ろうか》を抜け、二階にある自分の部屋へ向かっていた。

裸足《はだし》の足の裏が、ひどく冷たい。けれど足袋《たび》は履《は》かないのが見世の決まりだった。

髪は解《ほど》けて乱れ、縛られた手首や、打擲《ちょうちゃく》された背中が痛かった。

あれから、お客は一人だけついてくれた。その結果がこれだった。

（でも、お客さんがついてくれてよかった）

数少ない忍の馴染みには、普通でないことをしたがる男が多かったから、こういうことをされるのには慣れていた。どんなひどい目にあっても、誰もいないよりはずっとよかった。

(それに、喜んで帰ってくれたと思うし)

おとなしくていい子だと言ってくれたし、また買ってあげると言ってくれた。売れ残りにしてはいい悲鳴《こえ》をあげるとも言ってくれた。

お客様に喜んでもらうことができて、忍は嬉しかった。なんとなく惨《みじ》めで切《せつ》ないのは、気のせいだと思う。

吹き抜ける北風に、首を縮める。

寒さも辛いが、空腹もかなり辛くなっていた。

今夜のお客は何も飲み食いしようとしなかったから、忍がお相伴《しょうばん》にあずかることもなかった。粋な客なら、色子が腹を空かしているのを察して自分から「何かとろうか」とでも言ってくれるし、客が台の物をとってくれれば、その代金の一部も色子の売上げになって、その意味でもたすかるのだが、そんな客は忍には少なかったから、最初からあまり期待してはいなかった。

でも、これで明日はお魚が食べられる。花代分の稼ぎだけでそれほど潤《うるお》ってはいないけど、自分へのご褒美《ほうび》だ。

(あ……)

胸のあたりがきゅっと痛んだのは、そのときだった。

（胸が……っていうか、胃かも。お腹空いてるのに、お魚のことなんか考えたから）

そう思うと本当に具合が悪く感じてきて、忍はすぐ傍の柱に縋《すが》った。そしてずるずると崩《くず》れ落ち、庭へ下りる石段の上に座り込む。

寒さと空腹、そしていろいろと無茶をされたためだろうか。咳《せき》まで零《こぼ》れて、止まらなくなった。忍はじっとうずくまり、苦しさに堪《た》える。

すぐ近くで、枯れ枝を踏みしめるような音がしたのは、そのときだった。

「大丈夫？」

そして男の優しい声が降ってきた。低いけれど、どこか甘い声だった。忍ははっと顔をあげた。

そこに立っていた男の姿に、息を飲む。すぐに見覚えがあることに気づいた。

（蘇武の若様）

先刻、張り見世で目が合った男だった。彼の方は多分覚えてはいないだろう。けれど忍はこの綺麗な顔をよく覚えていた。

何故、ここに彼がいるのだろう。客として登楼したのだろうか。

（でも、大見世には登楼らないって、椿が言ってたけど……）

それに彼は、客としてここにいるにしては、少し変だった。

花降楼の美しい庭には、散歩に出る客もいないわけではないが、何しろこんな夜更けだ。大抵の客も色子も寝静まっているころあいだった。

そして何より、彼のシャツは破れ、腕には血が滲《にじ》んでいた。怪我《けが》をしているようだった。

「具合悪いの？」

吉原の名のある娼妓が皆憧れるような男に気遣《きづか》われて、忍はどぎまぎとしてしまう。

「……大丈夫です。それより」

そっちこそ怪我をしているのではないかとか、いったいなんでこんなところにいるのかとか、聞きたかった。けれど口に出す前に、また咳き込んでしまう。

納めようとして納まらず、苦しんでいると、蘇武の手がそっと背中にふれた。彼はそのまま忍の傍に座り、さすってくれる。そのあたたかさに、涙が滲みそうになる。

「……ありがとうございます……もう平気ですから」

ようやく納まって、忍はお礼を言った。

「風邪でもひいたのかな？」

「……多分」

この綺麗な男に、空腹のせいかもしれないなどとは、とても言えなかった。

「薬は持ってる？」

「いえ……」

「じゃあ、これを」

スーツの隠しから、彼は薬包を取り出して、忍のてのひらに握らせてくれた。

「どこか、飲める水のあるところはあるかな」

「すぐそこに手水《ちょうず》がありますけど、でも」

「ちょっと待っていなさい」

「え？」

そんなことまでしてもらうわけにはいかないと、忍が深く考えるより前に、蘇武は立ち上がった。

「あ……」

そして忍が視線を向けた方へ歩き出す。

（……蘇武様……）

半ば呆然と、忍は彼の背中を見送った。

偶然会っただけの見ず知らずの妓に、彼のような立場の人間がそこまでしてくれることが、信じられなかった。忍は今まで、こんなふうに親切にされたことはなかった。

胸が、さっきまでとは違う感じで痛む。忍は彼にもらった薬包をそっと両手で抱き締めた。

やがて蘇武が、水の入った柄杓《ひしゃく》を持って、忍のところへ戻ってきた。

「あの……」

それを受け取りながら、お礼を言おうと見上げると、蘇武は言った。

「怪しい薬じゃないから、心配はいらないよ」

「そんなこと……っ」

彼が悪い物を飲ませたりするはずもないことなど、わかっていた。

「私もこのあいだまで風邪をひいて医者にかかっていたから、その残りなんだ。あまり強い薬じゃないから、効かないかもしれないけど。明日になったら、病院に行った方がいいな」

「はい……」

忍は曖昧《あいまい》に頷《うなず》いた。このくらいのことで病院へ行く金銭的余裕が忍にあるはずがなかったが、おそらく二度とは会わない人に、そこまで言うこともないと思う。

もう一度促《うなが》されて、忍は薬包を開け、柄杓の水でひと息に薬を飲んだ。

「……ありがとうございました」

忍はお礼を言って、深く頭を下げる。

庭の柵《さく》の向こうを通る男たちの声が微《かす》かに聞こえてきたのは、そのときだった。

――いたか
――いや。あっちは？

誰かを探している気配だった。忍はまさかと思って蘇武を見上げる。

「あの人たち……」

彼はしぃっと唇《くちびる》に指を当てる。忍ははっと口を噤《つぐ》んだ。

「ちょっと、揉《も》めてしまってね」

彼はその優美な顔に苦笑を浮かべて言った。

「ここに身を隠《かく》させてもらっていたんだ。すまないが、少し休んだら出て行くから、このことは黙っていてもらえるかな」

人を誑《たら》すためにあるような笑みだった。こんなふうに頼まれて、断れる妓がいるんだろうか。

忍はなかばぼうっとしながら頷いた。

「さあ、君はもう部屋へ帰って、あたたかくして寝た方がいい」

今別れたら、もう会う機会もないだろう。はい、と答えたけれども、ひどく離れがたかった。

「あの……」

忍は気がついたら口にしていた。

「……お薬のお礼に、俺の部屋でお休みになっていかれませんか……？　簡単な手当てでしたらできますから」

【2】

寝静まり、ほとんど人気《ひとけ》のなくなった見世の中へ、それでも忍《しのぶ》は誰にも見られないよう警戒しながら、密《ひそ》かに蘇武《そうぶ》を招き入れた。

自室へ通し、襖《ふすま》を閉める。

忍の部屋はまだ一間《ひとま》だけの小さなものだった。いずれ売れっ妓になれば、座敷と続きになった二間の部屋をもらえるはずなのだけれど、忍にとっては夢のまた夢だった。

行灯《あんどん》を灯《とも》し、火鉢に火を入れる。

油も炭も安くはないので忍にはあまり買うことができず、もう残り少なくなっていた。いつもなら我慢するが、慣れている自分はともかく、この何一つ不自由をしたことがなさそうな親切な男に、できるだけ寒い思いをさせたくなかった。

忍は蘇武に座布団を勧《すす》め、救急箱を取り出した。

箱の中には、客に身体を傷つけられたときのために買ってある傷薬や包帯が、まだ残っていた。何が幸いするかわからないと思う。

手当てのためにシャツを脱がせると、しなやかな筋肉の乗った上体があらわになる。肩幅も胸も服の上から見るのよりずっと広く思えて、何となくどきどきするほどだった。あまり売れていないとはいえ何人もの客の相手をしてきた忍だが、こんなに均整《きんせい》のとれた、彫刻のような身体は見たことがなかった。

そしてまた、改めて灯《あか》りに照らされて見る彼の顔も、不思議なくらい端整《たんせい》だ。

（綺麗な人）

今まで出会った人たちの中で、一番綺麗かもしれない、と忍は思った。

花降楼にはいくらでも美妓がいるけれども、彼らとはまるで違う種類の美しさだ。中性的なものでない——男の色気のようなものを忍は感じていたのかもしれない。

（こんな人は、どんな妓を買うんだろう）

どんな店の妓にももてるが、特定の馴染みは持たないと聞いた。彼を落とせば女が上るとばかりに迫る妓も多いとも聞いた。そういう妓と、誘われるままに夜をともにするのだろうか。

そう思って彼の顔を見るとき、その優しげな美貌が何か少し違うものに見えた。

（どこか寂しそう……みたいな）

（どうして？）

「……どうかした？」

ふと、意識を彷徨《さまよ》わせていた忍に、蘇武は怪訝《けげん》そうに問いかけてきた。忍ははっと我《われ》に返った。

（こんなこと、考えてる場合じゃないのに）

「何でもないんです。……すみません」

忍は手当てに集中しようとする。

傷は殴られたと思われるものがいくつかと、最もひどいのは、鋭利《えいり》な刃物で斬《き》りつけられたと思われる腕の刺傷だった。あまり深くはないが、かなり出血はしている。

「これ……？」

蘇武は苦笑する。

「あまり名誉な負傷というわけではないな」

そう言われると、詳しく聞くことはできなかった。知りたかったけれど、もう二度と会うこともないだろう今夜だけの縁の人なら、深く知れば知るほど辛くなる気もした。

（それに、わかるような気もするし……）

捜していた男たちの贔屓《ひいき》の妓が蘇武に夢中になったとか、そういうようなことなのではないだろうか？

忍は蘇武の傷を消毒し、包帯を巻いて、端を蝶結びにして止めた。そして手桶《ておけ》に水を汲《く》んできて、痣《あざ》になった打ち身を冷やす。

「厨房が開いてる時間だったら氷をもらえるんですけど……」

「ありがとう。十分だよ」

素直に言われ、忍はなんとなく気恥ずかしくなる。

手当てが終わると、蘇武はシャツと上着を元通りに身につけて、忍に聞いてきた。

「そういえば、今何時かな」

「大引けのあとですから、三時くらいかと……」

花降楼では、色子の部屋には時計がないのが普通だった。客になるべく時間を気にせず遊んでもらうためと、部屋の雰囲気《ふんいき》を壊《こわ》さないためだ。

蘇武が帰ると言い出すのではないかとどきどきしながら、忍は答えた。どうしてこんなにも彼を帰したくないのか、自分でもよくわからなかった。

「見て参ります」

「いや、いいんだ。ちょっと仕出しを頼めないかと思っただけだから……。考えてみれば、どのみち表から登楼ったわけでもないのに、台の物をとるわけにはいかなかったな」

「あ……もしかしてお腹が空いていらっしゃいます？」

「うん、まあ。いろいろあって、夕食を食いはぐれてしまったからね」

「そうだったんですか……」

蘇武が帰ると言わなかったことにはほっとしながら、忍はうつむいた。何かつまむものるはずがなかった。
でもあればいいのだが、日々の食事さえ満足にとれていない忍のもとに、そんなものがあ

（あ……でも）

食べ物を用意する手段が、まったくないというわけではなかった。

「ちょっと、待っててくださいね」

忍は思いつき、籠《かご》と自分の小さな財布を握りしめて部屋を出た。外廊下から下の通りを見下ろす。

夜食を食べたがる娼妓や客を目当てに、夜中に廓や娼館の前の道を屋台で流す商売があるのだ。いつもいるとは限らないが、幸い今日は見つけることができた。

忍はこっそりと財布を開けて、中身をたしかめる。わかっていたこととはいえ、わずかしか金は入っていない。本当にささやかなものしか買えそうになかった。しかもこれを使ってしまったら、明日の魚はまた当分はお預けになってしまう。

それでも、親切にしてくれた蘇武に、少しでもお礼がしたかった。

紐《ひも》のついた籠に書きつけと金を入れて、するすると下ろす。下でそれを受け取って、金の代わりに食べ物を入れてくれる仕組みになっていた。花降楼のような大見世では少ないが、娼妓や色子たちはこうして自分たちの夜食を買ったり、ときには馴染みや間夫《まぶ》にあまり金を使わせないように気遣って利用したりするのだ。

「へえ……面白いことするんだな」

いつのまにかすぐ後ろに来ていた蘇武にふいにそう言われて、忍は驚いた。乏《とぼ》しい財布の中を見られないよう、慌てて口を閉じる。

「だめですよ、出てきたら……！」

「大丈夫だよ。誰もいないみたいだから」

忍は慌てて籠を引き上げると、微笑う蘇武の背中を押した。

そして部屋へ戻ると、火鉢に金網をのせる。買ったのは、餅《もち》だった。一つしか買えなかったが、それなりの大きさがある。鍋うどんがあれば身体も暖まってもっとよかったのだけれど、もうそれしか残っていなかったのだ。

「あの……お嫌いじゃなかったですか？　お餅」

ふと、蘇武の好みを聞いていなかったことを思い出す。値段の割に腹持ちするので、忍は好きなのだけれど。

「うん。好きだよ」

「よかった」

忍はほっと息をついた。

「お餅代、いくらだった？」

「けっこうです、これくらい」

「そうはいかないよ」

「いいんです。お薬のお礼、させてください。こんなものしかなくて、申し訳ないんですけど……」

忍にとっては、餅代は「これくらい」と言えるような金額ではなかった。けれどささやかでもお返しがしたかった。それに多分、忍自身、彼の前で少しだけ見栄《みえ》を張りたかったのかもしれない。

数回の押し問答の末、ようやく蘇武は財布を引っ込めてくれた。

「ありがとう。じゃあごちそうになるよ」

「はい……！」

忍はにっこりと微笑った。

丸い餅を、金網にのせて焼く。蘇武は興味深そうにそれを眺めていた。

「火鉢で餅とは風流だね」

「そうですか？」

「とても美味《おい》しそうだ」

お金持ちの人には、こういうものがめずらしいのだろうか。なんだか不思議な気分だったが、忍はそう言ってもらえて嬉しかった。

「そういえば、この部屋の暖房はこの火鉢だけなんだね」

「ええ」

「寒くない？」

「あ……寒いですよね。何か羽織るもの……」

仕掛けを纏《まと》っている自分にくらべ、スーツだけの蘇武のことが急に心配になって、忍は慌《あわ》てて立ち上がろうとする。蘇武がそれを制した。

「私は十分だが、君は寒くないのか？」

「慣れていますから」

「風邪をひくようじゃ、大丈夫とは思えないな」

「このあいだまでお薬を持ち歩いていた方のお言葉とも思えません」

微笑してそう返すと、蘇武も苦笑した。

風邪だったのは蘇武も同じなのだ。それに忍のは、風邪というより空腹のせいのような気もする。

「それに、少し寒いくらいのほうがいいんです」

「どうして？」

「寒いから温めて、って甘えると、お客様に喜ばれます」

「そう……」

蘇武の目が、同情を込めて眇《すが》められたような気がした。少しいたたまれない気持ちになって、忍は目を逸《そ》らす。

「さあ、そろそろいいみたいですよ」

ちょうど金網の上で、餅が膨《ふく》らんでいくところだった。

忍はそれを皿にとり、別の器《うつわ》にきなこを盛って差し出す。これももう残り少なかったが、何とか足りそうだった。

「一緒に食べよう」

と、蘇武は言ってくれた。

「いえ、俺は……」

蘇武のために買ったものだからと、彼の申し出を辞退しようとした。けれどその途端《とたん》、腹が音を立てた。忍はかーっと赤面する。ろくに食べられない日がずっと続いていたとはいっても、自分で自分を締めたいくらいの恥ずかしさだった。

蘇武はくっくっと喉《のど》で笑っていた。その姿は本当に楽しそうで、面白がってくれたのならみっともないところを見せた甲斐《かい》もあったのかもしれない、と忍は思うことにする。

蘇武は一つしかない餅を半分に割り、きなこをつけて差し出してきた。

「でも……」

「一緒に食べてくれたほうが、私も美味しく食べられる」

「……はい」

忍は頷いた。今さら腹は減っていないなどというのは、あまりにも白々しかった。赤くなったまま餅を受け取り、彼と向かい合って食べた。

（……やっぱり美味しい）

間食や夜食のようなものを口にすること自体、ひさしぶりだった。けれどそれ以上に、目の前にこんな綺麗な人が微笑っていてくれるから、とても美味しく感じるのかもしれないと思う。逆に蘇武には、自分のようなぱっとしない妓が相手で申し訳ないような気持ちになった。

彼は先に食べ終わり、脇息《きょうそく》に凭《もた》れて、はふはふとしながら餅を食べる忍を眺める。忍はなんだか緊張して、ますます上手く食べられなくなってしまう。

「君は、いつからこの見世に？」

ふいに聞かれ、忍はどきりとした。

「……多分、四歳くらいからです」

「ずいぶん小さいときからいるんだな。他の妓もそう？」

「いいえ」

忍は首を振った。

「たいていは早くても十歳くらいからです。俺は棄て児だったから……。多分、前に建ってた店の女の子が棄てていったんじゃないかって言われてますけど、結局見つからなくて、ここの主人が禿として引き取ってくださいました」

「そうか……」

蘇武は複雑な表情をする。

「だからオーナーには感謝しているんです。もっと頑張って働いて恩返ししたいんですけど、なかなか駄目で……」

そこまで喋《しゃべ》って、忍ははっと我に返った。

「すみません、こんな話」

初めて会った男に愚痴《ぐち》を聞かせるなんて、どうかしている。慌てて口を噤み、けれどどちらかといえば人見知りな自分が、そんなことをしてしまったことが、忍は不思議だった。

「君の名前は？」

咎《とが》めることもなく、蘇武は聞いてきた。

「忍といいます」

「廓は花園だから、この見世の妓はそれに繋《つな》がる名前をつけられていると聞いたけど……」

「よくご存じですね」

「ここに馴染みのいる友人がいるんだ」

「そうですか……」

蘇武くらいの家の人間なら、そういう友人もいるだろう。誰の馴染みなのか聞きたかったが、未練になりそうで、忍は堪《こら》える。

「忍っていうのは、忍冬《すいかずら》から来ているんだそうです。忍ぶ冬って書く」

「忍冬か、なるほど……。いい名前だ」

「そうですか……？」

「ああ、君によく似合う」

確かに、忍自身も自分によく似合う地味な名前だとは思っていた。けれど嵌《はま》りすぎていてあまり好きではないのだ。せめて名前だけでももう少し華やかだったらよかったのに、と思う。

「花を見たことはあるだろう？」

忍は首を振った。忍冬からつけられた名前だと知ってはいても、実物を見たことはなかった。

「ないのか。繊細《せんさい》で綺麗な花だよ。白いのが一番優美だと思うけど、他の色もね」

「他の色？」

自分の名前に纏《まつ》わる花なのに、忍はよく知らなかった。白い花だとだけ聞いていた。

「そう……咲き始めは白いときと、薄紅色《うすべに》なときがあるんだよ。そしてやがて淡い黄色になる。白から黄色に変わるから、金銀花《きんぎんか》とも呼ばれている」

「知りませんでした……そんな別名があるなんて」

地味で、似合ってはいるけれど好きではない名前。でも、蘇武がそう言ってくれるなら、これからは好きになれそうな気がした。

「何でもよくご存じなんですね」

「花に詳しいわけじゃないけど、たまたま小説か何かで読んだことがあったんだよ。あんなところで偶然出会ったことといい、君とは縁があるのかもしれないな」

「……そうですね」

答えながら、切なさに少し胸が疼《うず》いた。

（いつかまた、逢《あ》える縁があったらいいけど）

と思う。

「見ず知らずの男を匿《かくま》ったりして、あとで誰かに怒られたりしない？」

「大丈夫です。多分、ばれないと思うから……。それに、見ず知らずじゃありません」

伏せていた顔を上げ、忍は微笑した。

「蘇武様でしょう？　……見世の前でお見かけしたことがあります」

見ただけではなくて、目が合ったのだが、やはり蘇武は忍のことは覚えてはいないようだ。

蘇武は眉《まゆ》を寄せた。

「それだけで私が誰だかわかったのか？」

「同僚が教えてくれました」

「そうか……なるほどな」

蘇武は微かに唇を歪《ゆが》めた。

「蘇武様……？」

忍は首を傾《かし》げてしまう。今までとは急に、蘇武の表情が変わってしまったような気がしたからだ。

彼の機嫌を損ねるようなことを、何か言ってしまったのだろうか。

忍は考えたけれど、わからなかった。もともとそういう、人の心の機微《きび》に聡《さと》くないから、あまりお客を喜ばせることもできないのかもしれないと思う。

「いや……何でもないよ。ごちそうさま」

「いいえ」

忍は眉尻《まゆじり》を下げ、困惑《こんわく》しながら、食べ終わった皿を重ね、片づける。

「あの……よかったら横になってお休みになってください。朝になる前に起こしてさしあげますから……」

「え……？」

うつむいて言いかけるその唇に、男の指がふれた。

「きなこがついてる」

「あ……すみませ……」

男の指の感触に、頬《ほお》が火照《ほて》るのを感じながら、忍は顔を背けた。自分で唇を拭《ぬぐ》おうとする。けれど蘇武はもう片方の手で忍の頬を包み、それを留めた。指先で愛撫《あいぶ》するように撫《な》で、唇を重ねてくる。

「――っ……ん」

ふれて、啄《ついば》み、舌先で唇を舐《な》める。ぞくりと緩《ゆる》んだその隙間《すきま》から、忍び込んでくる。

呆然とされるがままになっていた忍は、その瞬間はっとした。

反射的に男の胸を押し戻し、唇を押さえた。

「な――何を……」

どうして彼がこんなことをしたのか、わからなかった。忍が色子だから、客でなくても
気軽にそういうことをしてもいいと侮《あなど》られたのだろうか。

「私が誰だか、わかっていて部屋へ上げたんだろう?」

彼は再び忍を引き寄せ、覗き込んできた。

「では部屋へ上げたらどうなるかも、わかっていたはずだよ」

忍は顔を赤くしながら、首を左右に振った。わけがわからず、ただ戸惑《とまど》った。

(たすけたら、どうなるかって)

ただ、偶然庭で出会って、離れがたくて部屋へ誘った。とても綺麗な生き物を、束《つか》の間《ま》

拾ったような気持ちだったのだ。どうなるかなんて――。

……どうなるんだろう？　彼は何をしようとしているんだろう？

そのときふいに、忍は椿から聞いた蘇武の噂《うわさ》を思い出していた。

（ああ……そっか。色好みだって……）

だから忍のようなぱっとしない妓でも、目の前にいれば口説《くど》いてみなければいけない気持ちになるのだろう。ようやく腑《ふ》に落ちたような気がした。

蘇武は微笑いかけてくる。艶《あで》やかな微笑だった。その笑みは、忍の想像を肯定しているように見える。

「……前からときどき、張り見世にいるのを見かけていた」

と、蘇武は言った。その言葉は本当なのか、ただの口説き文句なのだろうか。

よく花街を訪れている彼なら、大見世には用がないとは言っても、花降楼の前を通ったことは何度もあるのだろう。ただ適当なことを言っているだけの嘘かもしれないとは思いながら、売れ残っているところを見られていても不思議はなかった。そう思うと、ひどく恥ずかしかったけれど、お茶挽きの妓など吉原全体で見れば掃《は》いて捨てるほどいる中で、自分を気に留めていてくれたのだと思えば、やはり嬉しい。

「……どうして俺なんか、覚えていてくれたんですか……？」

「とても可愛い妓だと思ったからだよ」

と、蘇武は言った。遊び人の男は、口説くのも慣れていて上手だと忍は思う。遊ばれるのだとわかっていても、嬉しくなってしまう。

「……可愛くなんかないです」

「どうしてそんなことを言う？」

「だって……本当のことだから。張り見世に出てもなかなかお客さんがつかないし、売れ残ってばっかりで……」

忍は笑おうとした。

「そう……みんな見る目がないね」

その頬にまた蘇武が手をふれてくる。

「凄く可愛いのに……」

(あ……また)

再び彼の口から発せられた、可愛い、という言葉にときめいた。

(……凄く……可愛いって)

飛び抜けた美妓ばかりの見世に育って、そんなことを言ってもらったのは、忍には生まれて初めてだったかもしれない。

(ほんとは可愛くなんかないのに)

見世にはもっと可愛くて、綺麗な子がいっぱいいる。忍などどうしたってぱっとしない妓だった。

　だけど、軽いお世辞だとわかっていても嬉しかった。こんな綺麗な人に、たとえお世辞でも誉《ほ》めてもらったら、また明日からがんばれる気さえした。

　男は繰り返す。

「可愛いよ。こういう優しくてやわらかい顔が、私はとても好きだよ」

「……」

　何故だか胸が苦しくなって答えようとしてできず、微かに開いたまま震える唇を、もう一度彼が塞《ふさ》いだ。

　抱き竦《すく》められ、おずおずと忍は自ら彼の背に腕を回す。

　侮られるのでも、遊ばれるのでも、なんでもいいと思った。一夜の慰《なぐさ》めでも、この人と寝たいと思った。

　何故そんなふうに思うのか、自分でもよくはわからない。とても好きだと、可愛いと言ってくれた彼に、ただ応《こた》えたかったのかもしれない。お礼をしたかったのかもしれない。身体の他に、忍が持っているものは何もないから。

　それとも一生に一度くらい、金で買われるのでない、こんな誰もが羨《うらや》むような優しくて素敵な人に、抱かれてみたかったのかもしれない。

　その両方であり、本当はどちらでもない気もした。

わからないけれど、全身で彼を求めていた。


紅《あか》い褥《しとね》に横たえられ、着物に手をかけられる。

「あ……」

貧弱なからだを見られるのが急に恥ずかしくなって、忍は反射的に隠そうとした。その手首を男が摑《つか》む。

「……っ」

今日の客に縛られた跡が痛み、小さく呻《うめ》きが漏《も》れた。

「どうかしたのか」

忍は首を振ってごまかす。何故だか、他の男につけられた跡を、彼に見られたくなかった。でも、素肌を見られたらわかってしまう。

そのときふっと、灯したままになっていた行灯の明かりが消えた。油が尽きたのだ。

忍はほっとした。

(よかった……)

貧しいのもたまには役に立つのかと思う。

また唇を塞がれた。蕩《とろ》かすように何度も舌を吸われ、絡《から》められる。いろんな男と、これまで何度も、何度もしたことなのに、忍はいつのまにか頭が痺《しび》れたように何も考えられなくなっていた。

着物も襦袢《じゅばん》もはだけられ、てのひらが痩《や》せた胸をたどる。

「んっ……」

指先が胸の突起《とっき》を掠《かす》め、小さな喘《あえ》ぎが零《こぼ》れた。演技でない声が漏れたことに、忍は驚いた。蘇武の指がそこを揉みはじめる。

「んっ……やぁ……っ」

思わず首を振る。

「どうして……？　気持ちいいんだろう？」

「ん、ん……っ」

唇が首筋をつたい降り、鎖骨《さこつ》から乳首《ちくび》へたどりつく。啄まれ、含《ふく》まれると、溶けるような快感を感じた。

優しい、と思う。

（他の人のことも……こうやって抱くのかな……）

そんなことを思うと、何故だか胸が痛かった。

片方の手が愉《たの》しむように何度も肌を撫でる。脇腹《わきばら》から腰、尻のまるみ。肉が薄くて、あまり触感がよくないだろうことが、忍は申し訳なかった。

やがてその手が下腹へ伸びてくる。

「あ――……」

直接ふれられ、ぬるりとした感触を覚えて、ひどく恥ずかしかった。接吻《せっぷん》と胸を弄《いじ》られただけで、忍の性器は震えながら勃《た》ち上がり、雫《しずく》を零していたのだった。

(どうして……)

客との行為では、忍はあまり感じたことがなかった。いつも一生懸命演技しているけれども、あまり上手ではないらしい。そのことも、あまり売れない原因の一つだった。

(どうしてこの人とだけ……)

男の手が、太腿《ふともも》を割り開く。

「――っ……」

いや、と言いそうになって、忍は口を噤んだ。何でもお客の言うままにされるようにしてきたから、行為のとき少しでも抗《あらが》うことには躊躇《ためら》いを感じてしまう。

「可愛いな、ここも。まるで使ってないみたいだ」

「そんなに見ないでください……」

薄暗がりの中、それほどはっきりと見えるわけではないだろうけれど。

「どうして?」

「……恥ずかしいから……」

「恥ずかしいけど感じるんだろう？」

「……っ……」

彼の言うとおりだった。見られていると思うだけで、ますます膨らんでいくのが自分でわかるほどだった。自らの浅ましい反応に堪えきれず、忍はぎゅっと目を閉じた。

その途端、性器を唇に含まれた。

「……あぁっ……」

忍は思わず声を放った。

「あ……そんな……だめ、です……っ」

「どうして」

「だって——だって、……」

「私は客ではないよ」

それはたしかにそうだった。今は娼妓として抱かれているわけではない。だったら、どんなことをしてもらってもかまわないはずなのに、何故だか、そんなことを彼にさせてはいけないような気がした。

けれど容赦《ようしゃ》なくしゃぶられて、身体は裏腹に、怖いくらいに高まっていく。

「あ——あ——あぁぁ……っ」

袂《たもと》を嚙んでも、どうしても堪えることができず、忍はひっきりなく声をあげた。先端《せんたん》の割れ目を舌で抉《えぐ》られ、溢《あふ》れてくるものを啜《すす》り取られる。そのたびに忍は背中を撓《しな》らせずにはいられなかった。

蘇武は自在に舐め回し、深く咥《くわ》えたりほとんど抜き出したりする。じゅくじゅくと響く音に、忍は激しい羞恥《しゅうち》を煽《あお》られずにはいられなかった。

「……ぁ……こんなこと……っ」

男の性器を抵抗なく咥えられるということは、女だけでなく色子と遊ぶことにも彼は慣れているのだろうか。

そんなことを考えた瞬間、後孔《こうこう》に指がふれてきた。部屋に備えつけの潤滑剤《じゅんかつざい》を使ったのだろう、冷たくてとろりとした、慣れた感触だった。

「あ、あ……っ」

襞《ひだ》を一枚ずつたどるようにして解《ほぐ》していく。きゅっと閉じていたそこが息をするように綻《ほころ》びはじめると、蘇武の指が侵入してきた。

「ん……ぁぁあっ……！」

茎《くき》を咥えたまま、狭い道を宥《なだ》めるように浅く抜き差しし、前の昂《たか》ぶりからぬるぬると溢れる蜜まで絡めて、少しずつ奥まで入ってくる。内壁を掻き、二本の指を広げたり曲げたり、忍の中を掻き乱す。

上品な外見からは想像もできないような淫《みだ》らな愛撫だった。

「あ、だめ、だめ……っ」

前と後ろを一度に責められ、忍はあっというまに達してしまいそうだった。蘇武の頭をそこから引き剝《は》がそうとしたけれど、彼は放してはくれない。

見世では、相手が達する前に気をやってはだめだと教えられていた。それどころか、毎回達してはいけない、消耗するから、とも言われていた。あまり感じないほうだった忍にはたいして必要でない教えだと思っていたけれども。

「ん……んんっ……んぅっ……」

はあはあと喘ぎを繰り返し、胸を浅く上下させる。中の感じるところを見つけた指が、そこばかりを捏《こ》ねはじめる。

「あぁ……あ、もうっ……」

無意識に髪に手を差し入れていた。

中の愉悦《ゆえつ》の泉を押しながら、きつく吸い上げられる。その瞬間、堪えきれずに忍は遂《すい》情《じょう》していた。

まだ喘ぎながら、半ば無意識に唇を開く。

「……こんな気持ちよかったの……初めて」

「そう……よかった」

蘇武は額《ひたい》に軽いキスをくれた。

そして忍の両脚を抱え上げ、ふんだんに蜜《みつ》を含み、どろどろになった秘所に、自身をあてがってくる。その熱さを感じただけで、忍はまた全身がどうしようもなく疼きはじめるのを感じた。

「挿《い》れるよ」

「ぁ……はい……」

恥ずかしさと怖さと、そして期待とで、声は小さく震えた。

先端を押し当て、忍の蕾《つぼみ》を抉るように男が挿入《はい》ってくる。滴《したた》るほどに濡らされたそこは、たいして抵抗もなくそれを咥えていった。

「あぁぁ……ッン……」

入り口の襞を拓《ひら》かれ、忍は自分でも信じられないような甘い声を漏らしていた。

蘇武はゆっくりと少しずつ身を進めてくる。忍のからだを気遣ってくれているのだとわかる。先端がもぐり込む。

「あぅ……ん……っ」

「大丈夫？」

優しく聞いてくるのへ、忍は頷いた。じんと温かいものが胸に広がる。こんなふうに気遣ってしてもらったことなど、これまでにあっただろうか。

「大丈夫だから……もっと、来てください……」

とても恥ずかしかったが、忍はおねだりをした。もっと淫らでいやらしいことをいくらでも言ったことがあるのに、それよりもっと恥ずかしかった。

だけど言わずにはいられなかったのだ。

ずっ、と奥まで突かれ、内壁《ないへき》を熱い塊《かたまり》で擦られる。その瞬間、脊髄《せきずい》が焼けるような快感が貫いてきた。

「あ……あぁぁぁ……っ」

はしたない声をあげ、忍は仰《の》け反《ぞ》った。下腹がまた熱を孕《はら》み、硬く勃ち上がる。

「中が好きなの？」

いたたまれなさに両手で顔を覆《おお》い、忍は首を振った。

「違います……違うけど……っ」

喋っただけでも、腹の中にある男の存在に感じる。ぱたぱたと先走りが雫を落とす。

長く色子として勤めてきたから、そこがまるで感じないというわけではなかった。けれどこんなに、挿入られただけでどうしようもなくなるなんて。

「お願い……。して……してください」

忍は口走った。恥ずかしさと興奮で涙が滲んだ。

「あっ――」

蘇武は動き出す。突き上げられ、揺さぶられる。

「あぁっ、あぁっ、あっ、あん――」

奥を突かれるたび、断続的に声が零れる。縋《すが》るものを求めて彷徨う手を男が掴み、自《みずか》らの背中に回させた。

忍はその背に、ぎゅっと縋りつく。ぼろぼろ涙が零れた。

蘇武の動きに合わせようと一生懸命腰を揺らし、いつしか夢中になりすぎて、わけがわからないほどになっていた。二度目なのに、今度こそ達《い》くのは我慢しようと思うのに、身体がいうことをきかない。

「あぁ……んん、んんっ、ん……っ」

「気持ちいい？」

「……あ……いい、悦《よ》くて……怖い……っ」

蘇武が強く忍の腰を引き寄せる。そして奥の奥まで貫いて吐精したのを感じた瞬間、忍は初めて後孔だけでイク感覚を知ったのだった。

何かふわふわとした夢を見ていたようだった。

身を包む温かいものに頭を擦《す》りよせて、はっと目を覚ます。蘇武の腕の中だった。先に起きて、忍の中で、急速に昨夜の記憶が蘇る。顔を上げると、男と目が合った。

忍の寝顔を眺めていたらしい。そのことに気づくと、急に恥ずかしくなった。

「すみません……。俺、起こしてさしあげるなんて言ってたのに、眠っちゃって」

「かまわないよ。おかげでたっぷり可愛い寝顔が見られた」

「そんなこと……」

もともと可愛くもないのに、寝顔なんてますます見苦しかったんじゃないだろうか。思わず忍は蘇武の胸に顔を伏せて隠す。

彼の肌の感触が心地《ここち》よかった。

（気持ちいい……）

障子越しに感じる外の薄青さからして、眠っていたのはわずかのあいだだったのだろう。けれどひさしぶりによく眠れた気がした。

でも、もうそろそろ起きて、誰にも見つからないうちに彼を送り出さなければならない。

忍はたまらなく名残惜《なごりお》しい気持ちを押し殺し、蘇武から自分のからだを引き剥がすように起き上がろうとした。

「まだいいだろう？」

引き留めてくれる彼に、忍は微笑って首を振る。

「人に見られます」

それよりも、こうしていたら離れるのがどんどん辛くなってしまいそうだったからだ。

襦袢の前を合わせ、褥を出る。身体の中に濡れた感触はなかった。防具を使ってくれたのだろう。いつもならありがたいそんなことさえ、何故だか寂しく思える。

片肘をついてゆったりと眺める男の視線を意識しながら、忍は背中を向けて着物を羽織り、帯を結わえた。

一度部屋の外へ出て、うがい盥《だらい》に水を満たして戻ってくる頃には、蘇武もシャツとズボンを身につけ、身支度《みじたく》を半《なか》ば終えていた。

「風流だね」

忍が手に持った大きなお椀《わん》ほどの器を見て、彼は微笑った。

ずっと昔には、この盥の水だけで洗顔から何からすべての朝の支度を済ませるのが、廓のしきたりだった時代があるのだ。今朝は、洗面所で他の客と鉢合わせしたりしないため、必要に迫られてのことだったが、他の見世では今でもわざとこのしきたりに倣《なら》っているところがある。蘇武はそういう場所でも遊んだことがあるのだろう。

水を零したりして上手くできなければ野暮《やぼ》と言われたりもするというが、蘇武は見惚《みと》れるほど鮮やかに済ませた。

（本当に慣れてるんだな……）

忍は感心するとともに、少し寂しいような気持ちになる。

盥を片づけ、男の身支度を手伝う。ネクタイを結び、上着を着せかける。男がふいにその手をとり、手首へ視線を落とした。

「……それは？」

「あ……」

襟をなおしてあげようとしたときに袖が降りて、手首の縄《なわ》の跡が覗いていたのだった。

忍はもう片方の手でそれを隠す。

「客にされたの？」

「……ええ……」

「こういう大見世にも、ひどい客がいるんだな」

「そんな……ひどいってほどじゃありません」

忍は微笑って首を振った。

「お客様に可愛がっていただくのが仕事ですから」

「可愛がる？　これが？」

蘇武は眉を寄せた。

「おとなしくされるままになるのか？」

「そうしていれば、いい妓だって言ってくださいます。お客様に喜んでいただけたら嬉しいし……何でもしてさしあげるし、何をなさってもいいのです」

それが忍の仕事だった。

蘇武の向けてくる憐憫《れんびん》の視線が、忍にはあまりよくわからなかった。どんなひどい客にあたっても、お茶を挽くよりはよほどいいのに。

「そう……」

男はやがて言った。そしてやはり哀れむように微笑む。

「仕事、がんばってね」

「はい」

微笑い返す忍の頬に手を添《そ》え、男は続ける。

「大丈夫。ちゃんと売れっ妓になれるよ」

「ありがとうございます」

気休めでも売れっ妓になれると言ってもらって、応援してもらって、忍は素直に嬉しかった。この言葉を糧《かて》に、明日からも頑張ろうと思った。

「さあ……もう行かないと」

空が白みはじめる。

忍は、寝静まった廓からこっそりと蘇武を連れだし、大門へと送っていった。

夜のうちに帰る客は既に帰り、朝帰りの客や娼妓たちはまだ眠っている。吉原が蒼《あお》い静《せい》寂《じゃく》に包まれる時間だった。

仲《なか》の町《まち》通りを、寒いですねとか、今日晴れるといいですねとか、他愛《たあい》もないことを話しながら、蘇武と並んで歩いた。そんな会話が何故かとても楽しくて、名残惜しかった。いつまでも大門になど着かなければいいのにと願った。

けれどほんのわずかの距離に、どれほどの時間がかかるだろう。あっというまに、大門のすぐ近くまでたどりついてしまう。

「あっ……」

忍の下駄の鼻緒《はなお》がふいに切れたのは、そんなときだった。

忍は躓《つまず》いて、思わず蘇武の腕に縋ってしまった。そして慌てて手を放す。

「すみません、俺……」

「大丈夫？」

「はい」

「鼻緒が切れたのか……」

足許《あしもと》を見て、蘇武は呟く。忍はその古く傷《いた》んだ下駄を見られるのが恥ずかしかった。

「大丈夫です。見世に戻るのもたいした距離じゃないし……」

笑って足を引き、蘇武の目から隠そうとした。

けれど彼は身をかがめたかと思うと、忍の膝《ひざ》の裏に腕を差し込み、そのまま横抱きに抱え上げた。

「え、ちょっ……あの、……」

　忍が戸惑い、どうしたらいいかわからずにいるうちに、近くの見世の前まで連れていき、見世先に置かれた椅子《いす》へ座らせる。そして跪いて忍の下駄を取り上げた。

「あの……大丈夫ですから……」

「このままじゃ見世まで帰れないだろう？」

「すぐ近くですから裸足《はだし》でも……」

「だめだよ。怪我をしたらどうするんだ？」

　言いながら、蘇武はポケットからハンカチを取り出した。薄手で光沢《こうたく》のある布地は、絹《きぬ》だろうか。綺麗な織《お》りだと見つめる忍の前で、彼は犬歯《けんし》を使ってそれを細く裂《さ》いてしまう。

「あっ……」

　思わず忍は声をあげた。

「だめです、勿体《もったい》ない……！」

「でももう、どのみち裂いてしまったよ」

　そう言われれば、返す言葉もなかった。

　蘇武は裂いた布を使って器用に鼻緒をなおしてくれる。

「……お上手ですね」

少し驚いて、忍は言った。

「そう？」

「誰かに習われたんですか？」

「うん。まあね」

教えたのは、どこかの見世の女だろうか。

着物で暮らしている忍は勿論《もちろん》、自分で鼻緒をなおすこともできる。けれど普段洋装の、しかも履き物くらいいくらでも買い換えることのできる富裕な男にこんなことができるのは、これも粋の一つとして花街で教えられたからなのだろう。

忍は彼の手許《てもと》をじっと見つめた。大門の間際《まぎわ》でこうなったのは、忍の離れがたい気持ちを鼻緒が代わりに伝えてくれたからに違いないと思った。

けれどそれが終わると、今度こそ最後だった。

「さあ、歩いてみて。大丈夫？」

「はい」

答えながら泣いてしまいそうになるのを堪えて、忍は顔を上げた。

「ありがとうございました」

男は笑顔で応えてくれる。

それから、大門までのわずかの距離を二人で歩いた。

「じゃあ、またね」

意味もないそんな言葉が、嬉しかった。

「お気をつけて」

そう言って送り出す。

(もう、会うこともないんだろうけど……)

本当は、身揚《みあ》がりでもいいからまた逢いたかった。けれどそんな金があるはずもない。

忍のような稼ぎの悪い妓には、見世もあまり借金をさせてくれない。どうせ返せないからだ。

でも、一夜だけでも彼と過ごせてよかったと思う。

今はタクシーもいない時間で、蘇武は大門からつづら折りになった衣紋坂《えもんざか》を、ゆっくりと歩いていく。

締めつけられるような痛みを胸に、忍はいつまでもその背中を見送っていた。

道を折れて姿が見えなくなる直前、ふいに彼が振り向いた。忍は奇跡が起きたように嬉しくて、思いきり一生懸命手を振った。

蘇武は軽く手を振り返し、坂の向こうへ消えていく。

彼の背中が見えなくなっても、忍は長いことその場所に立ち尽くしていた。

そしてしばらくたってから、ようやく踵《きびす》を返す。

そのとき忍は、誰もいないとばかり思っていたすぐ背後に立つ、綺蝶の姿を見つけた。

【3】

翌日からは、またいつもと変わりのない毎日だった。

けれど心のどこかが少しだけ違っている。

眠い瞼《まぶた》を擦っていると、泊まり客もなかったくせにと例のごとく椿《つばき》が意地悪を言ってきたけれども、何故だか少しも悔しくなかった。

——凄く可愛い
——こういう優しくてやわらかい顔が、私はとても好きだ。……ちゃんと売れっ妓になれるよ
そんな蘇武《そうぶ》の言葉を思い出すと、いくらでも頑張れる気がした。

(もう逢うこともないだろうけど……)

蘇武とのことは、忍《しのぶ》の胸の奥に、大切にそっとしまわれていた。

「——で？　あれからどうだよ」

とろとろと食べているうちに、今日も最後になってしまった忍の頭に、ぽんとてのひら

が乗せられた。顔を上げると、綺蝶《きちょう》がいた。

あの早朝、客でもない蘇武を送っていくところを、綺蝶に見られた。

――お安くねーなぁ
誰にも見つからずに済んだとほっとしていたところだったのに、彼に会って、忍はひどく狼狽《ろうばい》した。やはり客を帰したところなのかと思えば、散歩だと綺蝶は言った。

――散歩……

たしかに、綺蝶もまた大門まで客を見送ってきたところだったのだとしたら、もっと正面から鉢合わせしていただろう。夜中にむやみに見世から出ると、遣《や》り手や見世の者にいい顔はされないが、綺蝶なら平気でやりそうな気もした。

――今の、蘇武の若様だろう？　うちに客として登楼《あが》ってたんじゃねーよな
問いつめられ、忍は蘇武を拾った成り行きを白状させられたのだった。

――お願いします。見世には黙っててください。でないと……

――さあ、どうしようかな
綺蝶はにやりと笑った。そして真顔になり、

――わかってるだろうけど、色子《いろこ》の身体は商品だ。客以外の男と勝手に寝るのは、折檻《せっかん》されても文句は言えねー、御法度《ごはっと》なんだよ。廓育ちなら、それくらいのことは承知だろうが

　勿論、忍にもわかっていた。色子は間夫《まぶ》と逢うときでさえ、身揚がりと言って、身銭《みぜに》を切って登楼させなければならないくらいなのだ。ただ忍には、自分があまりに売れない商品だから、そういう意識が希薄《きはく》ではあった。金を取らずに身を委《まか》せることが、惜しいとも思えなかった。

　けれど綺蝶の言うことはもっともで、忍は項垂《うなだ》れる。

——ごめんなさい……

——なーんて、俺も人のことは言えねーな

——え？

　思わず問い返したけれど、答えはなかった。

　綺蝶はその朝のことを、誰にも言わずにいてくれた。

　忍はほっとした。折檻も恐ろしいが、見世に知られて騒ぎになったら、蘇武に迷惑がかかる。そのことのほうが怖かった。

「どうって、何がです？」

　どうだよ、という意味がわからずに、忍は首を傾げた。

「あいつに連絡した？」

「あいつって？」

「若様だよ」

こっそり耳打ちされ、忍は首を振る。

「商売気ねーなあ」

綺蝶は忍の額をつつく。

「身許はわかってるんだ。手紙でも書けばいいじゃん。上客になるぜ」

「まさか」

忍は笑った。

馴染みをつくらないので有名な男が大見世に来てくれるわけがないし、それ以上に忍のようなぱっとしない妓を、また抱く気にもならないだろう。それでいいと思っていた。

綺蝶が忍の状況に同情してくれるのは嬉しいけれども、忍はそんなことをして蘇武に迷惑をかけるつもりはなかった。

「ま、その気があれば向こうから登楼ってくるだろうけどな。それでなくても色子に手ぇ出したんだ。粋な男なら花代くらい届けてくれてもいいと思うけどね。金持ちのくせに、結局、タダ乗りしたかっただけじゃねーの？」

「そんな人じゃありません‼」

思わず忍は大きな声を出していた。綺蝶は噴《ふ》き出す。

「ばーか」

忍はようやく揶揄《からか》われていたことに気づいた。

綺蝶は立ち上がりざまに言った。

「今日は予約が入ってるから、張り見世には出なくていいって鷹村《たかむら》が言ってたぜ」

「え……？」

鷹村とは、見世のすべてを取り仕切る遣り手の名前だった。忍は耳を疑った。

「あの、予約って？」

「さあ？　そのときになりゃわかるんじゃやね？」

笑って部屋をあとにする。

(予約……)

お茶を挽いていることの多い忍に予約が入ることは、極めてめずらしい。首を傾げながら、忍はようやく食事を終え、食堂をあとにした。

自分の部屋へ戻り、支度を整える。湯を使い、世話をしてくれる部屋付きの禿《かむろ》はいないので、自分で髪を結う。本当に予約などしてくれる人がいたのかと思うと、信じられないながらも嬉しかった。今日のお客様には、いつも以上に精一杯仕《つか》えようと思う。

――ちゃんと売れっ妓になれるよ
そう言ってくれた蘇武の言葉が耳に蘇り、予約のお客がついたのも、彼のおかげのような気さえした。

(手紙、書いたらだめかな……)

忍はふと、そう思う。勿論、登楼して欲しいとか、そういう困らせるのじゃなくて、薬のお礼とか鼻緒のお礼とか。予約のお客がついたこととか。

夢見るようにそう思い、すぐにやっぱり無理かと思う。

(どんな手紙でも、やっぱり登楼をねだってると思われるよな)

ささやかな接点でも、もう持たないほうがいいのだ。きっと迷惑に思われる。

忍は吐息をついた。

結局、何度も思いあぐねては手紙は書けないままで夕刻を迎えた。

忍は鷹村に連れられて、引き付け座敷へと向かう。

そして襖《ふすま》が両側から開けられ、その向こうにいた男の姿を見た瞬間、忍は息を飲んだ。

「蘇武さ……」

思わず名前を呼びかけた唇を、慌てて閉じる。初会《しょかい》では、客とは一言も口をきいてはいけないしきたりだった。

(来てくれた)

そう思うと、涙が零れそうだった。

たとえこの初会だけで終わってもいい。来てくれただけで嬉しかった。

口をきくことを許されない忍は、一生懸命その気持ちを瞳だけで彼に伝えようとした。

先日の借りを返すつもりで初会をもってくれたのだと思った男は、裏を返し、それからしばらくのうちには三度目の登楼をしてくれたのだった。

三度目の登楼からは、馴染《なじ》みと呼ばれる。

特定の敵娼《あいかた》を持たないはずの男が三度も通ってくれて、忍は嬉しくてならなかった。

遣り手の鷹村に導かれ、蘇武とともに座敷から自分の本部屋へ行くあいだ、身体は緊張に硬くなりながら、心は夢見心地だった。

部屋に敷かれた褥《しとね》の前に向かい合って座り、禿のかわりに鷹村が用意してくれた杯《さかずき》を、かたちばかり交わす。傾城《けいせい》と客を夫婦に見立てた、遊廓の伝統に倣《なら》った儀式だった。

馴染みを持つことさえ嫌う遊び人の男には、こういうしきたりは不快なのではないかと思ったが、蘇武はそんなようすもなく、興味深そうに遣り手のすることを眺めていた。

「こんなしきたりがあるとは知らなかった。面白いな」

杯ごとが終わり、鷹村が席を外して二人きりになると、蘇武は言った。

「何しろ馴染みになるのは初めてなものだから」

蘇武の初めての馴染みになれたことが、とても嬉しかった。けれど馴染みをつくらない男にこんな真似をさせて、しかも敵娼が自分のような妓であることが、忍はなんだか申し訳なかった。

「……ごめんなさい」

つい、謝ってしまう。

「どうして？」

「こういうの、お嫌いかと思って……」

「ずいぶんいろいろとつまらないことを聞き込んでいるらしいね、この耳は」

「あっ……」

蘇武は笑って忍を引き寄せ、耳朶《じだ》を噛んだ。忍はぴく、と身を縮める。彼の膝に抱かれ、頭を胸に伏せると、陶然《とうぜん》とした気持ちになる。

「蘇武様……」

「貴晃《たかあき》と呼びなさい。杯まで交わした仲なんだからね」

「……貴晃様」

口にしただけでどきどきした。夢でも見ているんじゃないかと何度も思った。たとえ夢だとしても、醒《さ》める前にこれだけは言っておきたくて、忍は口を開く。

「いらしてくださって、ありがとうございました。本当に嬉しかったです。もう二度とお逢いすることはできないと思ってましたから……」

「私に逢いたかった？」

「はい……」

「手紙をくれるかと思っていたよ」

「書こうかと思いましたけど……」

「どうして書かなかった？」

「……ご迷惑かと思って」

「そんなことはない」

蘇武は忍に口づけた。そのまま褥に押し倒し、深く唇を貪《むさぼ》る。忍はそれだけで流されそうになる。けれど意識を必死で保って、忍は蘇武の胸をそっと押し返した。

「……まって……待ってください」

「接吻は嫌？」

「そんなはずありません。……ただ……」

忍の心向きが何となく蘇武にも伝わったのか、彼は不思議そうに眉を顰《ひそ》める。

「緊張した顔をしているね」

「……えっ、あの……」

忍はうつむいて、口ごもってしまう。何日も前から考えていたことなのに、いざとなると切り出しにくかった。

「あの……、貴晃様、俺」

「ん？」

躊躇う忍を気遣うように、蘇武は自分から顔を近づけてくれる。彼はいつも、とても優しい。

「貴晃様、あの、俺、今日は……」

蘇武は悪戯に緋襦袢《ひじゅばん》の合わせから手を入れてくる。指先が胸をいたずらしはじめて、忍は慌てて止めた。

「あ、だめです……っ」

「……いや？」

忍は、大あわてで首を横に振る。嫌なわけはないが、ふれられるとまともに喋れなくなりそうだった。

「あの、ただ今日は……」

色子としてそれほど変な言葉を言おうとしているわけではないのに、何故かとても恥ずかしくて、忍は耳朶まで真っ赤にしてしまう。

「……貴晃様がうんと気持ちよくなれるように、……」

このあいだは、色子のくせに何もかもしてもらうばかりだった。自分ばかり、わけがわからなくなるほど気持ちがよくて、してあげるどころじゃなかった。だから彼が馴染みになってくれたら、絶対にきちんと勤めようと思っていた。

「俺にさせてください」

声は消え入りそうだった。でも、蘇武にはちゃんと聞こえたらしい。彼は小さく笑った。

「可愛いことを言う」

蘇武の可愛いという言葉は、まるで魔法みたいだ。忍の全身は熱くなる。

「だ、だって……前は俺ばかり気持ちよくしていただいたから……」

「……たしかに、忍は私に抱かれているとき本当に気持ちよさそうだったね」

「ごめんなさい……」

忍は申し訳なくて、なおさら頭《こうべ》を垂《た》れる。

蘇武は、声を立てて笑った。

「抱いている相手が自分の腕の中で気持ちよさそうな顔をしているのは、男冥利《おとこみょうり》につきるんだが……。忍が頑張りたいというのなら、今日はそうしてもらおうか」

「はい……」

忍は、膝の上に置いた手をぎゅっと握る。

「一生懸命お仕えします」

そして顔を上げた。

一夜明け、晴れて馴染みになった蘇武を大門まで送るときになっても、忍はまだぼうっとしていた。

彼に抱き締められたときのふわふわしてしあわせな気持ちが、まだ抜けなかった。並んで歩いているだけでもどきどきした。

とても優しくしてもらったし、たくさん可愛いと言ってもらって、拙《つたな》い愛撫も誉めてもらった。

（いろいろ教えてもらったし……）

思い出して、また頬が熱くなる。

（がんばったね、って言ってもらった）

恥ずかしかったけど、嬉しかった。次に彼が来てくれるときまでには、きっともっと上手になっていたいと思う。

この前と同じように彼を送り出すのに、あのときはただ寂しくて、離れがたくてたまらなかった忍の心は、今は少し違っていた。寂しくて離れがたくはあるけれど、もっとずっと穏やかだ。

――また来るよ

と、彼が約束してくれたからかもしれない。

ど。

そう言って、来ない人はいくらでもいたけど。……そして蘇武もそうかもしれないけれ

(でもこのあいだの「またね」は守ってくれた)

来なくても決して恨《うら》んだりはしないつもりだが、彼はきっとまた来てくれる気がした。

「……お気をつけて」

「忍も、気をつけて帰るんだよ」

「はい」

最後まで優しい言葉をかけてくれる蘇武に、忍は微笑んだ。

そして大門をあとにして去っていく彼の背中が見えなくなるまで見送って、踵を返した。

【4】

予約が入ったと聞くたびに、忍《しのぶ》は舞い上がってしまう。

忍のところに予約して登楼《あが》ってくれる物好きなど、蘇武《そうぶ》一人だからだ。蘇武は馴染みになったあの日以来、何回か忍のもとに通ってきてくれていた。

遊び人の酔狂《すいきょう》としても、忍は嬉しかった。

彼に逢えるだけでよかったが、彼は来るたびに、金に糸目もつけずに贅沢な着物や簪《かんざし》などを買ってくれたり、華やかな宴《うたげ》を開いて、山のように美味しいものを食べさせてくれたりした。芸者や遣り手たちにも祝儀をはずみ、ときには総花《そうばな》さえつけてくれたこともある。

総花とは、見世で働く者すべてに祝儀を出すことをいう。色子にとっては収入が増えるというばかりでなく、見世の者にいい顔ができるという意味でも大変にありがたいのだが、目玉が飛び出るような散財になるのだった。忍はつい必死で止めてしまい、蘇武に笑われた。

いくら大金を遣っても、これ見よがしにばらまくのは野暮とされる遊廓の中で、彼はいつもさりげなく優雅だ。大見世は初めてとは言っても、さすがに遊び慣れている男の、綺麗な遊び方だと思う。

忍は生まれて初めて、肩身の狭い思いをせずに、日々を送ることができていた。

馴染みをつくらないと評判の蘇武の若様が、ぱっとしない妓に夢中になっていると、花街ではかなり噂になっているという。

忍は申し訳ない気がするが、そのことを蘇武は面白がっているようだった。

「ばっかみたい」

今日も予約が入り、そわそわとあまりにも早い時間に身支度を整えすぎて髪部屋で時間を潰していた忍に、椿《つばき》が意地悪を言ってくる。彼はまだ湯を浴びたばかりで、長い髪を禿に拭《ふ》かせていた。

「どうせすぐ来なくなるに決まってるのに」

そんなことは忍が一番よくわかっていた。

忍はこれまで彼が遊んできたような美妓たちのように綺麗でもないし、夜のことだってあまり上手になってはいない。蘇武は根気よく教えてはくれるけど、こんな妓といつまでも関わってくれるほど彼が物好きだとは思えなかった。

(でも……このごろは前よりよく来てくれるし)

蘇武の訪れは月二度から週に一度、今では三度来てくれることもあった。

(多分、ものめずらしいだけなんだろうけど)

それでも、忍はよかった。

黙り込む忍に、椿は追い打ちをかけた。

「それとも、本気で惚《ほ》れられてるとでも思ってんの？」

「そんなこと……」

蘇武が自分に恋をして通ってくれているなどということは、最初から期待していなかった。自分が取るに足りなくて、彼に愛されるような存在でないこともわかっていた。

蘇武はいつも優しいが、忍にだけ優しいわけではない。忍にするように、他の妓にも優しいのだということが、評判を聞くまでもなくなんとなくわかっていた。見世の者や芸者たちに対しても同じだった。決して怒らないし、誰かが何か粗相《そそう》をしたりしても、きまりの悪い思いをせずにすむように言葉をかけてあげたりもする。

すべてがスマートだが、それは多分、忍にも他の誰にも、何に対しても深い思い入れがないからこそできることなのではないかと思う。

だからだろうか。優しくされて嬉しいのに、ときどきひどくもどかしい。

(変な俺)

「バカ」

返す言葉もない忍に、椿は言った。

「ほんとバカ。客なんかに惚れてどうするんだよ？　ろくなことになるわけないだろ。まさか身請《みう》けしてもらえるなんて期待してんのかよ？」

「そんな……してません。それに俺はあの人のこと」

蘇武に心から感謝していた。大好きだけれど、彼はお客様なのだ。

(惚れるなんて……そんなこと)

「ま、そりゃそうだろうね」

椿はみなまで言わせてはくれない。

「年寄りならともかくああいう若くて身分のある男は、いずれはどこか良家から嫁をとらなきゃならないんだから、身請けなんてとてもとても。色子を囲ってるなんてことになったら縁談にも差し障《さわ》るし、もし万が一、請け出してくれたとしても、一生日陰の身で飼い殺しになるだけだ。それくらいのこと、おまえにだってわかってるよな。客はいくらでも甘いことを言うけど、本気にするのは野暮というもの。それに……」

椿はそこで急に言葉を途切れさせた。自主的にやめたのではなく、後ろから綺蝶《きちょう》にてのひらで口を塞がれたからだった。

「そのへんにしとけよ」

目で合図され、周囲を見回してみると、他の妓たちの冷たい視線がこちらへ向いていた。

自分のことに夢中で、気づかなかったけれども。

客に本気になって辛い思いをしていたり、したことのある色子は、他にいくらでもいる。忍に向けられた椿の言葉は、彼らに対しても痛いものだったのだ。

椿もそのことに気づいたようだった。

「……なんだよっ、ほんとのことじゃないか……!!」

怒鳴りつけて、立ち上がる。

そしてそれを捨て科白《ぜりふ》に椿は髪部屋を出て行こうとし、ふと足を止めた。ちら、と椿は意地悪く忍を見下ろす。

「でも……寂しい人だから、万に一つのつけいる隙《すき》は、あるかもよ？」

「え……？」

忍は眉を寄せ、椿を見上げる。

「馴染みのくせに聞いてないの？　蘇武家って、今の奥さんが後妻に納まる前、何年ものあいだ妻妾《さいしょう》同居してたんだってさ。先妻があの人のお母さんなんだけど、結局堪《た》えかねて、あの人を捨てて出て行っちゃったらしいぜ」

初めて聞く話だった。

「――ま、俺は無理なほうに賭けるけど？」

そう言って、今度こそ椿は部屋を出て行った。慌てて禿が後を追って行く。

(知らなかった)

忍はひどく驚いていた。

誰に対しても優しいけど、誰とも深く関わらない。そんな醒めたところを、忍は彼に感じていた。目に見えない壁のようなものを感じてもどかしかった。それは彼の孤独な過去から来るものだったのだろうか。

(初めて逢ったとき、「寂しそう」って思ったんだ……)

椿の背中を見るともなしに見送りながら、忍は蘇武と出会った夜のことを思い出す。

同じように椿を見送っていた綺蝶が、ため息をついた。

「ま、あいつなりに心配してんのかもしれねーんだけどな……」

「え?」

思いに沈みそうになっていた忍ははっと我に返った。けれど、どういう意味かと聞き返したときには、綺蝶の関心はもう他へ移っていた。

「――おや、お姫様」

開け放した障子《しょうじ》の向こうの廊下を、蜻蛉《かげろう》が通りかかったのだった。蜻蛉は、綺蝶とはお職争いの火花を散らし、犬猿《けんえん》の仲とまで言われる傾城だった。

お姫様と揶揄《やゆ》され、きつい眼差《まなざ》しを投げてくる。不機嫌な顔をしても、そのつくりもののような美しさは損なわれることがなく、却《かえ》って怖いような凄《すご》みを増す。美妓揃いの花降《はなふり》楼《ろう》においても、一番の美貌といえば蜻蛉だろう。蜻蛉はまた、忍が一本立ちするまで部屋付きだった傾城でもあった。

蜻蛉は、綺蝶を見据えたまま言った。

「またうちの部屋の子にかまってるのか」

「あの……っ」

綺蝶はかばってくれたのだと忍は言おうとした。けれど制するようにぽんぽんと頭を叩かれ、忍は黙る。

綺蝶は立ち上がり、ゆっくりと廊下へ近づく。柱に片手をつき、嬲《なぶ》るような目で蜻蛉の顔を覗き込む。綺蝶の方が背が高いせいか、まるで悪人が絡んでいるかのような構図になる。

「ご機嫌斜めだね。お姫様。さてはお客に惚れたことが？」

蜻蛉は、先刻の椿の話を聞いてはいなかったらしい。怪訝《けげん》そうに眉を顰《ひそ》める。

「はぁ？　あるわけないだろ」

「へぇ……そう」

にこりと綺蝶は笑った。

「さすがはお姫様だね。わきまえていらっしゃる」

えらいえらい、と子供に言うように言い、頭を撫でようとする。蜻蛉は容赦なくその手を振り払った。

「何の話だよ、いったい」

「客に惚れて、どうなるかって話。どう思う？」

蜻蛉はまだ今ひとつ状況を理解していないようすで、首を傾げる。人形のような顔に表情が入ると途端に可愛らしく見えるときがあって、忍は不思議だった。

「……さあ？　色子が客に惚れて上手くいったって話は、あんまり聞かないけど」

「だよなあ。――けど」

綺蝶は目を細め、蜻蛉を見下ろす。

「じゃあ色子は誰に惚れたらしあわせになれんだろ？」

（――……）

忍はその言葉に、虚《きょ》を突かれた。

お客を好きになっても、確かに報《むく》われることは少ない。だがそれなら、いったい誰を好きになったらしあわせになれるのだろう？

綺蝶は蜻蛉に意地の悪い問答を仕掛けているようでもあり、けれど薄衣《うすごろも》を剝《は》いでいくような艶《つや》めいた視線には、どこか甘さがある。

――色子は、同じ色子を好きになったらしあわせになれる？

そう問いかけているかのようだった。

綺蝶が、自分の部屋付きだったわけでもない忍に目をかけてくれている、これが理由だ

った。

忍が、蜻蛉が抱えた最初の禿だったからだ。

蜻蛉が十八、忍はまだ十五かそこらだった頃の話だ。蜻蛉があまり器用に禿を育てられるタイプでないことは、遣り手にもわかっていたのだろう。廓育《くるわ》ちで以前にも他の傾城に仕えた経験があり、歳もそれなりにいった忍に白羽《しらは》の矢が立てられた。

――あいつは不器用だから
忍が蜻蛉付きに決まったとき、綺蝶は忍をそっと呼んで頼んできたのだ。

――おまえを可愛がったりいろいろ教えたり、上手くできないかもしれないけど、悪気はねーんだよ。悪く思わないで、面倒見てやって
表では犬猿と言われながら、陰では密かに蜻蛉を守ろうとする。あのころの綺蝶の気持ちは、今も変わってはいないのだろう。

――わからないこととか、困ったことがあったら、何でも俺に言ってくれていいから。こっそりな？

あれからずっと、綺蝶は変わらず忍のことも気にかけてくれていた。

それが忍自身のためでないのは少し寂しかったけど、かまってくれる綺蝶に感謝したし、言われるまでもなく忍は蜻蛉のことが好きだった。整いすぎて怖いくらいの美貌には憧れずにはいられなかった。それに蜻蛉は決してわざと意地悪をしたりはしなかったし、それ

だけでも前に仕えていた傾城よりずっとよかった。

たしかに蜻蛉は面倒見のいい人ではなかったが、表現するのが苦手なだけで、それなりに忍のことも気遣ってくれているのだとわかったから平気だった。最初に綺蝶に言われていなければ、ずいぶん戸惑ったかもしれないけれど。

――秘密、な
綺蝶がそう言うから、このことは秘密のままだ。

蜻蛉が気づいていないようなのが、たまらなくもどかしい。けれどこのことは、忍が出しゃばる幕ではないのだ。それにまた気がついたからといって、この廓の中でどうなるものでもないこともまた、忍にはよくわかっていた。綺蝶も勿論、わかっているだろう。

「そ……んなこと、俺が知るかよ……っ」

答えようのない問いかけに、蜻蛉は声を荒げた。

そして逃げるように忍に視線を落とす。

「忍」

「あ、はい……っ」

急に振られて、忍はどぎまぎしながら答える。

「おいで。今日の座敷は俺と一緒だから」

「ああ、今日はお茶挽いてねーんだ？」

綺蝶が脇から声をかけてくる。忍に嫌味を言ったわけではなく、気に入らない客を断ってばかりいる、我が儘な蜻蛉への揶揄だ。

「そういや、めずらしくお気に入りのお客だっけ？　何て言ったかなあ、名前」

「おまえに関係ないだろ。――忍」

蜻蛉は相手にせず、再び忍を促す。

「行ってらっしゃい。お仕事頑張って」

綺蝶の更なる揶揄に、蜻蛉は眦《まなじり》を上げ、つんと顔を逸らした。そして踵を返しざま、振《ふ》袖《そで》でぴしゃりと綺蝶の頬を打っていく。

「痛ぅ……相変わらずじゃじゃ馬ですこと」

その背中を見送って、綺蝶は笑った。けれどその笑みには、微かに苦いものが混じっているようにも思える。

心配しておろおろする忍に、行け、と綺蝶は顎《あご》で促した。

後ろ髪を引かれながら、小さくお辞儀をして、忍は蜻蛉の後を追った。

一見《いちげん》の客をとらない花降楼に蘇武を紹介したのは、蜻蛉の上客の一人だった。今日は二人で連れだって来るらしい。

もう蘇武が登楼する時間になるのかと思うと、忍は小さな緊張と、地に足が着かないほどの喜びを覚える。

たとえ椿の言ったことが本当で、少しも特別になど思われていなくても、それでもよかった。

（そんな大それたこと……希《のぞ》んでないし）

でも、本当に？

心の底にある問いかけに、忍は目を瞑《つぶ》る。

蘇武の気まぐれであたえられた、幸福の時間。少しでも長い間、夢を見ていたかった。


蘇武を見世に紹介した蜻蛉の客は、都丸《とまる》といって彼の大学時代の同期だということだった。

どちらかといえば家にこもりがちな蘇武を引っ張りまわす、よく言えば友達思いの面倒見のいい男だが、実態は悪友という感じらしい。今は事業をやっている父親の会社で働いていた。

都丸のことは、見世の中ですれ違ったり、張り見世にいるときにちらりと見かけたことくらいはあったが、蘇武との初会のときは紹介の電話を入れてくれただけで、都丸本人は仕事で来られなかったから、忍がきちんと顔を合わせるのはこれが初めてだった。

「この妓が忍か」

と、矯《た》めつ眇《すが》めつされ、忍は身の置きどころがなかった。

あまりにぱっとしない妓だと思っているのだろう。そう思われるのは慣れているが、蘇武に恥をかかせているのではないかと思うと辛かった。特に都丸の敵娼は、美貌では花降楼一と謳われる傾城、蜻蛉なのだ。その差はどれほど大きなものだろう。

ついうつむいてしまう忍の頭に、蘇武の声が降ってくる。

「あまり苛《いじ》めるな。おとなしい妓なんだから」

「別に苛めてなんかいないさ。どれ、よく顔を見せてみろ」

けれど都丸は少しも悪びれない。そう言って忍の顎を捉《とら》え、仰向《あおむ》かせた。

「――ん？　そういや見世で見かけたことがあるような……。そりゃそうか、ここには何度も通ってるんだしな。前より可愛くなったんじゃないか？　蘇武に可愛がられてるからか？」

都丸は忍のことを微かに覚えていたらしい。

揶揄《からか》われて、忍は思わず赤くなった。

栄養状態がよくなってきたことと、蘇武にちょっとだけでも可愛いと思ってもらいたくて、忍自身もできるだけ気をつけるようになったためだろうか、このごろは確かに、ずいぶん見栄《みば》えがよくなったと言われるのだ。毎日、前以上に一生懸命糠《ぬか》で磨《みが》いているし、余裕ができたからこそのことだが、食べるものにもなるべく気を遣っていた。

あまり肉をつけることはできていないが、以前はかさかさしていた肌も色艶がよくなり、透けるように白くきめ細やかになって、頬に赤みが差していた。そのせいか、目が大きくなったみたいだとも言われる。髪もやわらかさを残しながら、しっとりしなやかになった気がする。

忍は気恥ずかしいながらも嬉しかった。

「やめろ」

けれど蘇武には不快だったのだろうか。忍の肩を摑み、都丸から引き戻す。

都丸は喉《のど》で笑った。蜻蛉付きの新造に酌《しゃく》をさせて、盃《さかずき》を傾ける。忍も慌てて蘇武の盃に酒を満たした。

「なんにせよ、人嫌いのくせに独《ひと》り寝ができない若様に、決まった伽《とぎ》の相手ができたのはいいことだ。ここ数年のうちにはどうせどっかから嫁をとるんだろうが、それまではずっと一夜妻で通すのかと思ってたよ。何しろこいつは昔から、一人と続いたことがないからな」

「都丸」

いつまでも話を続けてしまいそうな都丸を、蘇武が遮《さえぎ》る。

嫁という言葉が、忍の胸に小さく刺さった。いずれ彼が妻帯《さいたい》することは、最初からわかりきっていたことなのだけれども。

「しかし、ま、花降楼に紹介を入れてくれと頼まれたときは驚いたけど、めずらしく気に入ったようでよかったじゃないか」

都丸の揶揄には答えず、蘇武は盃を干す。

「この妓を見たときは意外だったが、なるほど納得できないこともない……。そういやおまえ、『おとなしくて邪魔にならない妓にする』とか言ってたっけな。邪気《じゃき》がなくて、優しい顔だ。なかなか芯《しん》は強そうだが……」

忍のどこにそんなことを感じたのか、都丸は言った。

（でも……おとなしくて邪魔にならない妓に……する……？）

忍は都丸のその言葉に、引っかかる。意味がわからなくて首を傾げる。

「そのくらいにしておかないと怒るぞ。まったく、飲むとこれだから……」

蘇武の携帯電話が鳴り出したのは、彼が都丸に抗議しかけたそのときだった。周囲に会《え》釈《しゃく》して、蘇武は席を外す。

「よけいなことは言うなよ」

そう言い置くのを忘れなかったが、忍は都丸の話が何故か気になってならなかった。

「あの……今のは……？　おとなしくて邪魔にならない妓にする、って……」

つい、忍は彼に聞いてしまう。

「うん？　ああ……」

「教えてください。俺のことなんでしょう……？」

蘇武に釘を刺されている都丸は、最初は渋った。けれど忍が一生懸命頼むと、酔いも手伝ってか、やがては口を開いてくれた。

「ちょっと前にな、あちこちの店の女たちの的《まと》にされるのに疲れてきたから、決まった妓をつくって、しばらく隠れ蓑《みの》にする、ってあいつが言い出したんだよ。あのときにはどうなることかと思ったが、意外にうまくいってるようでよかったと思ってな。……ま、こういう地味な妓の方が、却って目先が変わって楽しいのかもな。まわりが騒ぐのも面白がってるようだし……」

忍は彼の言葉を聞き、ようやく今までのことを理解できた気がしていた。

どうして蘇武のような男が、自分のところへ通ってくれるようになったのか、ずっとわからなかった。とても不思議で、彼に聞いてみたこともあった。

――さあ、どうしてかな。忍にまた逢いたくなったからかな……

そんな優しい彼の言葉を本気に受け取っていたわけではないけど。

ちょうど『おとなしくて邪魔にならない妓』を探していたときに知り合ったのが、忍だったからだ。隠れ蓑にちょうどよかったから馴染みになっただけのことだったのだ。

（バカみたいだ……）

ちょっとは気に入ってくれたから、通ってくれているのかもしれない、なんていつのまにか期待してしまっていた。

そしてそれ以上に忍の心を抉《えぐ》ったのは、「しばらく」という言葉だった。蘇武は忍にずっと馴染むつもりはなく、周囲が落ち着くまで、しばらくのあいだ通うだけのつもりでいる。きっとすぐに来なくなってしまう。

——ばっかみたい。どうせすぐ来なくなるに決まってるのに
椿の科白を思い出す。

そんなことはわかっているつもりだったのに、涙が滲みそうだった。

(いけない、お座敷なのに)

我慢しようとして、忍は無意識に仕掛けを握りしめる。

「おい、何、うちの妓を苛めてるんだ？」

ふいに抱き寄せられ、忍ははっと我に返った。気がつけば、いつのまにか蘇武が戻ってきていた。

「苛めてるなんてとんでもない。ちょっと話してただけだって」

逃げるように手水《ちょうず》に立つ都丸に吐息をついて、蘇武は忍の顔を覗き込んできた。

「大丈夫？　何か意地悪されたりしなかった？」

「……はい」

忍はできるだけ何でもないように答えようとした。

「顔色が悪いみたいだけど」

「……平気です」

「そう？　忍はときどき咳をしたり、具合が悪そうにしているから心配だよ」

言いながら、蘇武は額を合わせてくる。

（……やっぱり優しいな……）

と、忍はしみじみ蘇武の顔を見上げた。

勝手に変な期待をかけていたほうが悪いのだ。蘇武のような男が、自分のところに来てくれただけでもありがたいことなのに、ただしばらくのあいだの隠れ蓑にされるにすぎないとわかったからといって、それがいったい何だろう？

（身の程をわきまえなきゃ……）

こんなことでショックを受ける自分のほうがおかしいのだ、と忍は思う。思おうとする。

「……大丈夫です」

そして一生懸命彼に微笑《わら》ってみせようとした。

「さて、遊ぶか……！」

あらかた台の物も片づくと、都丸がそう言い出した。

膳を脇へ避《よ》けて、立ち上がる。

「扇《おうぎ》を持って来い」

彼の号令で、蜻蛉の新造や禿たちが立ち上がり、投扇興《とうせんきょう》の支度をはじめた。

宴会と言ってもいろいろで、蘇武は静かに飲みながら芸者の舞や唄《うた》、幇間《ほうかん》の芸などを愉しむのが好みのようだが、都丸は自分で身体を動かして、狐釣《きつね》りや投扇興といったお座敷遊びをするのが好きらしかった。

狐釣りとは扇で目隠しをしてする鬼ごっこのようなもので、投扇興というのは、的に扇を投げ当ててその落ちた形で優劣を決める、雅《みやび》な遊びのことだ。

「負けた奴は一杯干すこと。はじめるぞ……！」

忍も禿時代に、投扇興は何度かやったことがあった。けれどあまり得意ではなかった上に、忍自身の客には気前よく宴会を開いてくれるような男がほとんどいなかったため、これが数年ぶりになる。

負けるたびに飲まされるとすると、いったい何杯飲まなければいけないのかと思うが、忍に物申す権利などはなく、都丸のリードで遊びははじまった。

言い出しっぺの都丸はさすがに上手で、次々と高得点を出していったが、やはり蘇武の優雅さは特別だった。先刻のことを思い出しては胸の痛みを覚えながら、忍はやはり見惚れずにはいられなかった。

あまりやったことがないとは言いながら、扇を投げる彼の姿は、とても絵になっていた。それればかりか、「夢の浮き橋」と呼ばれる、滅多《めった》なことで出るものではない最高得点を叩き出し、都丸をひどく悔しがらせた。

本当に、蘇武は何をやらせても上手だと思う。

「まぐれだよ。次、やったらわからないな」

と、それなのに驕《おご》らない彼が、忍にはまた好ましく思える。

最初は蘇武と都丸の勝負だったが、次は蜻蛉と忍も混ぜて対抗戦となった。

「やったこと、ある？」

「昔、少しだけ」

「そうか。じゃあ頑張って」

「はい……」

そう答え、できるだけ雑念を払って投げようとはしたものの、忍の扇は、まともに的にかすりさえしなかった。

はじまってわずかのうちに何杯も空《あ》けさせられ、忍はぽうっとのぼせてしまう。

一方、蜻蛉は何度も都丸につきあわされるうちに慣れたのか、忍よりはだいぶ上手に投げていた。それを見て、忍は驚いてしまった。

そもそも蜻蛉は、お座敷遊びを好むような色子では、決してなかったはずだったのだ。忍が部屋付きだった頃には、そういうことを強制する客は振ってしまうか、部屋子や芸者たちだけにさせて、自分は眺めていたものだった。

あれだけ気まぐれに客を振っている蜻蛉が、こんなことにまでつきあっているのだから、都丸はたしかに蜻蛉のお気に入りの客なのかもしれなかった。

「人差し指を曲げてごらん」

忍を背中から抱いて、蘇武が教えてくれる。優しくされて切なくなりながら、言われたとおりに指を曲げると、蘇武が扇を乗せ、忍の親指を添えさせる。

「そのまま、こういう感じで」

蘇武がやって見せてくれたのを真似て、忍は投げてみた。

「惜しい……！」

今までよりぐっと近づいたが、すれすれのところで的を倒すことはできなかった。

「ほら、飲め。——あ」

容赦なく都丸が差し出してきた盃を、横から蘇武が攫《さら》った。そして都丸が止める暇もなく飲み干して、口を拭う。

「あまり苛めないでやってくれないか？　まだ子供なんだから」

忍が苦しそうなのを見て、代わりに飲んでくれたのだ。そう気づくと、忍の胸はじんと疼いた。

（次は頑張ろう）

蘇武がかわりに盃まで干してくれたのだからと、忍は思う。

（えっと……こうやって、こう乗せて、こう……）

蘇武が教えてくれたとおりに胸の中で復習し、思いきって投げてみる。扇は、今度は的の端《はし》に当たり、それを倒すことができた。

「当たった……！」

嬉しくて、思わず忍はがらにもなく声をあげてしまった。そして蘇武を振り向く。

蘇武は忍を見てくれてはいた。成功を喜んで手を叩いてさえくれていたけれども、忍の心はずんと重くなる。

蘇武の隣には、蜻蛉の禿が彼に肩を抱かれ、寄り添うように座っていたからだ。そしてその指のかたちを見れば、投扇興の投げ方を彼に習っていたのだとわかる。

それを見た瞬間、忍の胸にもやもやとした何かが渦巻いた。

（……）

肩を抱いているのは手を添えて投げ方を教えるためで、下心などないことはわかっていた。蘇武はそういう男ではない。優しい彼は多分、さっきから興味深そうにそわそわしていた禿にも、ちょっと投げさせてやろうと思っただけなのだろう。

なのに、たったそれだけのことがとても嫌だった。

彼が禿と親しげにしているのも嫌なら、忍にしたのと同じように投扇興を教えているのも嫌だった。

教えて欲しい子がいれば、誰にでも手をとって教えてあげる。困っている子がいれば、誰でもたすけてあげる。

さっきの盃のことだって、本当はわかっていた。蘇武は「忍が」困っていたから盃を代わってくれたわけではないのだ。あれが誰でも、彼は同じことをしたはずだった。

蘇武はいつも、誰にだって優しい。

本当に、忍だけが特別というわけでは、まったくないのだ。

(他の人に優しくしたら嫌、なんて……)

ふいに自分の心を覗かされ、忍は泣きたくなる。

(自分だけに優しくして欲しいなんて)

あまりに高望みに過ぎる。忍自身、ただしばらくのあいだの隠れ蓑にすぎない存在で、ありえないことだと思う。

それなのに、忍は今、目の前に突きつけられていた。

蘇武と出会ってからずっと、何度も否定し、無理矢理目を瞑ってきた、嫉妬《しっと》という黒い思いを。

「——妬《や》ける？」

ふいに都丸に声をかけられ、忍ははっとした。いつのまにか、自分だけの物思いに沈み込んでいたようだった。

「そんなこと……」

忍は首を振り、笑顔をつくろうとする。

都丸は揶揄おうとしただけなのだろう。けれど忍の心の中には嵐が渦を巻いていた。

（貴晃《たかあき》様が好き）

（俺だけのものでいて欲しい）

（しばらくのあいだの隠れ蓑なんかじゃなくて——ずっと）

もうその気持ちは、ただの感謝や好意だけでは片付けることはできない。

忍が生まれて初めて覚える恋心だった。

【5】

宴がお開きになり、それぞれの本部屋へ引き上げたのは、既に夜もかなり更けてからのことだった。

忍《しのぶ》は、酔いが回ったのか少しふらついていたが、部屋の行灯《あんどん》を灯《とも》し、火鉢に火を入れると、蘇武《そうぶ》の着替えを手伝った。見世から泊まり客に配られる浴衣《ゆかた》を着せ、脱いだスーツは衣紋掛《えもんか》けに吊《つる》す。

ふと、振り返ると、蘇武が脇息に凭れてじっと忍を見ていた。

「――どうかしました……？」

「いや……」

首を傾げる忍に、蘇武は微かな笑みを唇に浮かべた。

「そういえば、あんまり見たことなかったと思ってね。敵娼が洋服を片付けてくれたりするところ」

「あ……すみません。まだ、部屋付きの禿がいないから……」

「いや、そういう意味じゃないんだ。上手く言えないが……悪くないなと思ったんだ。そうやって私のためにまめまめしく働いているのを見るのも」

（また……優しいことを言ってくださる）

忍は笑みを浮かべようとする。

嬉しくて、でも少し切なかった。

廓では、細々《こまごま》とした客の世話などは、色子自身より禿がしてくれる。娼館のことはよく知らないが、高級娼婦には小間使いがいるのだろうか。

（そして敵娼はこの人に抱かれるだけ）

「……っ……」

ふいにずきっと胸が痛んで、忍は思わず傍の箪笥《たんす》に縋った。

（嘘……）

嫉妬に駆られるというのはこういうことなのだろうかと不思議な気持ちになりながら、そのままずるずるとしゃがみ込む。

（それにしてもなんだか変……）

「忍……!?」

蘇武がめずらしく慌てたようすで駆け寄ってきた。ぐったりする忍を抱き起こす。

「どうしたんだ!?　どこが痛い!?」

「な……んでも、ありません……」

少し痛みが治まって目を開けると、心配そうな顔で蘇武が覗き込んでいた。

(言えないよね……あんまり妬けて胸が痛かったみたいだなんて)

「……飲み過ぎです」

忍は微笑った。彼の腕に身を起こす。

「それだけ？」

「ええ」

見透かされたのではないかとどきりとしたが、蘇武は違うことを考えていたようだ。

「そういえば、最近でもときどき咳をしているな。風邪はまだ治らないのか？　病院へは行った？」

「いいえ。……でも大丈夫です。今のはほんとに、お酒にあまり強くないから……」

そのとき忍の脳裏《のうり》に、一抹《いちまつ》の不安が過《よ》ぎった。

そういえば、確かにこの頃、よく咳が出たり微熱が出たりする。ずいぶん長引く風邪だと思ってはいたけれども。

(まさか、何か他の病気ってことは……？　……まさかね)

ちらりと浮かんだその考えを、忍は追い払う。

「あの……さっきはありがとうございました。途中から代わりに飲んでいただいて」

「いや。もっと早く代わるべきだった。……すまなかったね」

「そんなこと」

忍は首を振った。

「お座敷遊びは楽しかった？」

「はい」

「じゃあ、また都丸《とまる》と連れだって来るとしようか」

「……はい……。でも……」

今日、楽しかったのは嘘ではないけれども。

蘇武が禿と仲良くしているのを見るまでは本当に楽しくて、たまにはまたあんなふうに遊べたらいいと思う。でも。

「俺は、貴晃《たかあき》様さえ来てくださったらいいんです」

「……色子らしいことが言えるようになったな、忍も」

「違います……！　ほんとです」

蘇武と逢えるときは、彼さえいてくれればよかった。他の誰もいなくてもよかった。他人に優しくする蘇武を見たくなくて、むしろ邪魔されたくないとさえ思う。ほんの「しばらく」のあいだでしかないのなら、なおさらだった。自分の中からどうしてこんなに激しい感情が生まれてくるのか、忍自身にもわからなかった。

「誰にでも同じことを言うんじゃないの？」

「そんなことありません……っ」

「本当に？」

「本当です……！」

蘇武は微笑う。伝わらないのがもどかしかった。

そしてまた、あちらの敵娼は美しい蜻蛉《かげろう》で、こちらは自分のような地味な妓だと思うといたたまれなかった。自分は慣れているからかまわないけれど、蘇武に恥ずかしい思いをさせているのではないかと思えて。

「……すみません……」

忍はつい謝ってしまう。

「どうして？」

「……俺、あまり綺麗じゃないから……」

蜻蛉ほどとは言わないが、せめてもう少し美しかったら。

いつまでもこんなことをぐちぐちと零《こぼ》していたら、気分を暗くさせてしまう。言ってどうなるものでもない以上、できるだけ言わないようにしようと思いながら、忍は言わずにはいられなかった。

蘇武は忍の髪を掻き上げる。

「忍は十分可愛いよ。もっと自信をもちなさいと言っただろう？」

「はい……ごめんなさい」

忍はうつむく。彼は多分、どんな妓にも同じように言うのだろう。それでも、彼に可愛いと言ってもらうと嬉しい。

「でも、少し痩せたんじゃないか？」

「そんなこと……ないと思いますけど……。この頃、よく食べてますし。貴晃様のおかげです」

今はもう前のように魚一匹の代金を捻出《ねんしゅつ》するのにさえ困るというようなことはなくなり、朝も昼も総菜を買えるようになっていた。

けれど本当は、思ったようには太れていない。どちらかというと、却って痩せたような気さえしていた。もう少しふっくらしていたほうがいいと蘇武が言ったから、できるだけたくさん食べるようにしているのに。

心配をかけてはいけないから、そのことは秘密だけれど。

「この頃は他の客もつくようになったと聞いたよ」

「はい……」

見栄えがよくなったせいか、忍の色子としての人気は、少しずつ花開きつつあった。この頃では馴染みもやや増え、お茶を挽くことも、前よりは減っていた。

「ずいぶん熱心な客もいるとか」

「ええ……」

忍は曖昧に微笑む。忍には、最近馴染みになって、まめに通ってくれる上客ができていた。

帝国《ていこく》銀行の頭取《とうどり》の息子で、原《はら》という。帝国銀行は蘇武グループのメインバンクであり、原は蘇武とも知り合いだと聞いていた。原は蘇武が初めて馴染みになった妓を見てみたいということで、登楼してくれたのが初会だったのだ。

忍の客が原だとは、蘇武はまだ知らないらしい。隠しているようで気が引けるが、忍には原を拒む権利などない以上、蘇武には言わない方がいいことなのだ。

「よかったじゃないか」

はい、と忍は頷いた。ありがたいお客様ではあるが、強引なうえに無茶をするので、困った客でもあったのだけれど。

（でも……）

昔はあんなにもお客がついて欲しかったのに、買ってくれる人が増えるにつれて反比例するように、忍は相手をするのが嫌になっていた。

何故なのか、ずっと不思議だったけれど、今はわかる。……というより、以前だって、わかっているくせにわからないふりをしていただけだったのだ。

蘇武のことが好きだから、他の男に抱かれたくない。

けれどそんなどうにもならないことを、口に出すわけにはいかなかった。

――ちゃんと売れっ妓になれるよ……

そう言って、忍が娼妓《しょうぎ》として身を立てられるよう応援してくれている蘇武には、ちゃんと喜んでみせなければいけないと思う。

少しも嫉妬を感じてはくれないのかと寂しくなりながら、忍は無理に微笑った。

蘇武が唇を塞いでくる。

侵入してくる舌に、忍は一生懸命応えた。

ちゅくちゅくと吸い合い、絡めていると、身体の奥のほうから熱く疼きはじめる。いつもそうだった。

「ん……っ、……」

接吻も閨《ねや》の技巧も、忍はあまり上手ではなかった。それでもこの頃はだんだんと上達してきたようにも思える。蘇武がいろいろと教えてくれるし、男に抱かれる悦《よ》さがわかってきたためかもしれなかった。

蘇武の登楼は、少しずつ頻度を増していた。

半月に一度が週に一度になり、三日に一度になる。

嬉しかった。少しでも喜ばせたくて、閨ではできるだけのことをしようとした。なんでもするし、どんな恥ずかしいことでもして欲しかった。

蘇武の手が下へ伸びてくる。座ったままの忍の着物を捲《めく》り、後孔に指をあてがう。いつのまにか部屋に備えつけの潤滑剤が絡めてあったけれども、一度に二本挿入されるのは、少し辛かった。

「……ん、……っ」

蘇武の浴衣の胸のあたりをぎゅっと握り締めながら、忍はそれを受け入れた。蘇武は孔《あな》を拡げるように掻いて中を慣らし、深く突き入れた。

「締めてごらん」

「……は……、あッ……」

忍が命じられるままに従うと、蘇武はずっ……とそれを引く。締めつければ締めつけるほど強烈になる中を擦られる感触に、忍は喉を反らし、喘いだ。

「息を吐いて」

わずかに爪《つめ》の先が引っかかるのみになった指を、蘇武は再び奥まで突いてくる。弛緩《しかん》したところを狙って貫き、掻き回す。

「あッ……あぁっ……んぁぁ……っ」

忍は男の胸に縋り、仔猫が伸びをするように背中をしならせていた。悪戯《いたずら》に堪えきれず、どろどろに濡れていくのがわかる。

堪え性のない忍の身体は、すぐにどうしようもなく辛くなる。もともとはあまり感じなくて、客にも面白くないと言われていたほどだったのに、開花していく自分が怖いくらいだった。

「だいぶ覚えたね」

と、蘇武は誉めてくれた。

遊び慣れた彼は、忍に男の悦ばせ方を教えてくれる。忍にとってはとてもありがたいことだと思う。それに、どこをどんなふうにすれば男が感じるのかを蘇武に教えてもらうことは、何かひどく興奮することでもあった。

「あ、そこ、は……ッ」

一番悦いところを掻かれ、忍は鳴き声をあげた。

「そこは、何？」

「だめ、だめです、そこ……っだめ」

「どうして」

「だって……っ」

優しい声で聞きながら、蘇武は長い指をまたうごめかす。

「……んっ……だって、……っ」

教えられたとおりに締めつけたり緩《ゆる》めたりしながら、だらだらと先走りを零す性器を持て余す。触《さわ》って欲しくてたまらなかった。けれど、触られたらすぐにでも達《い》ってしまうと思えば、言えなかった。乳首も硬く尖り、襦袢の上からでもはっきりと粒がわかるくらいだった。

「……だって……っ、俺だけ……っあぁっ……」

「俺だけ、何？」

「達っちゃう……っ」

恥ずかしくて、忍は両手で顔を覆った。

「だめだよ、顔を隠しては」

けれど蘇武に命じられ、忍はまたおずおずと手を下ろし、彼の顔を見つめた。

優しいけれど、どこか意地悪な目をしている。閨で苛められるのは辛いけど、忍は嫌いではなかった。それが自分に対してだけなのか、他の人にもそうなのかはわからないけど、少しだけ彼に近づける気がするのだ。

（そそられるって……前に言ってくれたし）

忍のような妓にまで優しくしてくれる彼のことが大好きなはずなのに、不思議だった。

「達きたくないの、忍は」

と、彼は言った。今日は何故だか特に、いつもよりも意地悪な気がする。

「違う……けど……」

気持ちよくしてもらってばかりなのは、娼妓としていけないと思う。そしてそれ以上に彼と一緒に達きたかった。

「では自分で押さえて、いいというまで我慢してごらん」

「……はい……」

既にとても辛くて、涙目になりながら、忍は頷いた。蘇武は更に追い打ちをかける。

「両脚を立てて、大きく開いて」

「はい……」

言われるまま、忍は膝を立てて両脚をできるだけ大きく開いた。

「着物を捲って」

「……はい……」

昴ぶりも何もかもが剝《む》き出しになる。そうと意識しただけで、全身が真っ赤に染まるのがわかった。恥ずかしさに眩暈《めまい》さえ覚えながら、忍はおずおずと自らの中心に手を伸ばした。

貴晃がさせたいのなら、どんな恥ずかしいことでもするし、して欲しいと思う。

「……っ……」

指がふれただけで感じて、息を詰める。そして根もとにふれた瞬間、下生えにまで溢れて濡れていたことに気づいて驚いた。羞恥でいっそう全身が熱くなる。

「恥ずかしいと感じるの？」

「……はい……」

「いい妓だ。そのままでいなさい」

「あぁぁぅ……っ」

指を引き抜かれ、忍はあられもなく喘いだ。中を擦られる感触がたまらなくて、思いきり締めつけた。咥えるものがなくなり、物足りなさにひくつかせる。そんな姿まですべて蘇武に見られているのだと思う。

「……ア……」

視線を意識しただけで声が漏れた。

蘇武は忍の両脚を自分の膝へ抱え上げる。そして先端をあてがうと、ひと息に後ろを貫いた。

「……んっ……あぁぁぁ……ッ……」

（熱い……）

身体の内側を灼《や》かれ、一瞬、意識が飛びそうになった。自分で押さえていなければ、絶対に達していたと思う。

「は……あ……っ……」

「……凄いな、忍の中……」

「……貴……晃、さま……」

「物凄く締めつけてる。気持ちがいい？」

「あ……悦い……悦くて……もう……っ」

「まだ、だめだよ」

命じられて、忍はまだ我慢しなければならなくなる。蘇武は自身を突き動かしはじめた。奥を強く突かれ、揺さぶられる。

忍はおかしくなりそうなくらい気持ちがよかった。達してしまいたくてたまらないけれど、許しがあるまでは我慢しなければならない。押さえている指がぬるぬると濡れ、すべりそうだった。

蘇武の背に思いきりしがみつきたかったが、届かない。

「んんっ……んんっ……ん、ん……っ」

縋るものを求めて褥の上を這《は》っていた忍の左手はいつのまにか、もどかしく悶《もだ》える自分の身体にたどりついていた。襦袢の上から硬く尖った乳首を摘《つま》み、捻り上げる。そうすると身体の奥の蘇武を咥え込んだところまでが、びりびりと疼いた。

気持ちがよくて、思わず自身を押さえた指を離してしまいそうになる。

「いやらしいことを覚えたね」

「あ……」

半ば無意識に弄っていた忍は、蘇武に指摘されてはっとした。自らの淫らな姿に、赤い顔をますます赤くする。

「ごめんなさ……」

消え入りたいような恥ずかしさで、忍は口にした。けれど指を乳首から離すことができない。

「いいよ。そのましていなさい。こっちは私がしてあげよう」

「あァっ……ぁ……っ」

蘇武が顔を伏せ、もう片方の放置されていた乳首に歯を立てる。同時に奥深く抉られ、もう我慢できなかった。

「あ……」

思わず指が緩み、まるで漏らしたようにとろとろと白濁《はくだく》が溢れる。それでも忍はまだ留めようとしていたけれども、無理だった。

「あっ……あっ……んっ……」

蘇武の視線の許《もと》で、ゆっくりと吐精する。それは死にたいくらいの羞恥でもあり、死にそうなくらいの快楽でもあった。

「……ごめんなさい……」

もう、何がどうなっているのかわけもわからないような気持ちで、忍はそう繰り返しな

がらぼろぼろと涙を零した。

その涙を、蘇武が唇で吸い取る。

「悪い子だ……」

「ごめんなさい……」

「でも可愛い」

唇が重なってくる。忍は彼の首に腕を回し、ぎゅっと抱き締めた。侵入してくる彼の舌を夢中で吸い、貪る。

もっとして欲しかった。中途半端に弄《いじ》られたからだの奥が、疼いてたまらなかった。まだ埋め込まれたままの大きくて力強いもので、思うさま貫いて欲しかった。

「貴晃様……」

名前を呼び、両脚で彼の腰を思いきり挟みつける。

蘇武がふたたびゆっくりと忍の体内を蹂躪しはじめた。


明け方。

蘇武が目を覚ます前に、忍はあたたかくて心地好い彼の腕の中から、そっと抜け出した。

いつも名残惜しくて後ろ髪引かれるけれども、ぐっと我慢して緋襦袢を掻き合わせる。寒さに首を縮めながら、火鉢に火を入れた。蘇武が起きる頃までには、部屋を暖めておいてあげたかった。

そして自分で着物を着つけ、顔を洗ってきて、鏡台の前に座る。

鏡に蒼白《あおじろ》い顔が映る。

(今日は特に疲れてる感じかも……)

二日酔いのせいか、少し頭が熱かった。

それでなくても寝起きはぼうっとしていて、瞼《まぶた》も腫《は》れぼったいし、ふだんにもまして見苦しく思えるのだ。最初の夜は失敗して眠り込んでしまったけど、こんな顔はできるだけ蘇武には見せたくなかった。彼が目を覚ます前に、ぱっとしない器量は器量なりに、少しでもきちんと整えておきたかった。

(寝顔も絵になるくらい綺麗だったら、貴晃様が目を覚ますまで、胸に抱かれていられるのにな)

今ごろは蜻蛉は都丸の腕にいるかもしれないが、あれくらい綺麗だったら、寝顔の見苦しさなど気にする必要はまったくないだろう。そう思うと、ひどく羨《うらや》ましかった。

寝乱れたふわふわした髪に櫛《くし》を入れる。すぐに縺《もつ》れてしまうので、髪を梳《と》かすのには、けっこう時間がかかる。先の方からはじめて、少しずつ梳かして根本へいくのだ。上からはじめると、縺れた髪が裾のほうで団子になり、解《ほど》けなくなる。

ふと、忍は視線を感じた。

気がつけば鏡の端に、褥に片肘を突いてこちらを眺める蘇武の姿が映っていたのだった。

忍はぱっと赤くなる。

「貴晃様……！」

思わず振り向いて、大きな声を出してしまう。

「いつのまに起きてらしたんですか……？」

「忍が襦袢をなおしてるときからね」

それではほとんど最初からだ。

「黙って見ていらっしゃるなんて、お人が悪いです……」

恥ずかしさで、つい睨んでしまう。蘇武は笑った。

「気にしないで続けなさい」

そう言われても、気にせずにいられるわけがない。忍はまた鏡に向かったけれども、ちらちらと端に映る蘇武に視線を向けずにはいられなかった。はだけた浴衣のあいだから深く、広い胸が覗く。薄明かりがなめらかに陰影をつくる。寝乱れてくつろいだ姿さえ、彼は絵になっていた。

集中できず、髪を取りこぼしがちな忍を、彼は微笑を浮かべてじっと見ていた。あまりそんなふうに見つめられたことなどない忍は、ますます落ち着かなかった。蘇武はどうして見るのだろう。

「……面白いですか？」

「面白いよ」

と、蘇武は答える。

「どのへんが……？」

「一生懸命な忍を見ているときは、いつも面白いよ」

「……。………」

もしかしてバカにされているのでは、と忍は思うが、蘇武の顔にはそういう邪気はない。それに、今まではどちらかといえば面白みがないとばかり言われてきたので、どういう意味にしても少し嬉しかった。

「忍はいつも先に起きているよね。どうして？」

「貴晃様をお起こしするためです。火鉢に火も入れておきたいし、それにやっぱりきちんとしていないと……」

もともとあまり可愛くないから、と言いそうになって、忍ははっと口を噤んだ。いけない、また愚痴になってしまう。

蘇武にはそれでも、忍の言いかけたことがわかってしまったのだろうか。彼は褥に身をと伝わる。

起こす。そしてうつむく忍のすぐ後ろへ来て、背中から抱き締めてくれた。温もりがじん

「私にはとても、忍のこの顔が可愛いよ」

「……っ……」

いつも軽く言ってくれるのと、どこか違う響きに、忍はついじわりと泣いてしまいそう

になった。その思いにぐっと堪える。

「それにとても綺麗な瞳をしてる。……このまま、忍の心の中まで全部覗けそうだ」

「そんなこと……」

（綺麗じゃないです）

蘇武がちょっと禿に優しくしただけで嫉妬してしまうような自分の心が、綺麗なわけな

いと思う。

けれどふいに零れた咳が、忍が口にしようとしたその言葉を封じた。

「忍？　大丈夫か？」

「あ……なんでもありませ……」

言いかけて、また軽く咳き込む。

蘇武は忍の背中をさすってくれ、後ろから額に手をあててきた。

「少し熱っぽいな」

「大丈夫です……」

「大丈夫じゃないだろう」

昨夜のこともあるからか、蘇武は引かなかった。

「やっぱり病院へ行きなさい」

「でも……」

「払いは私のほうに回してくれるように、言っておくから」

「そんな……大袈裟《おおげさ》です」

忍は慌てて言った。確かに、この頃は忍自身、少しおかしいような気はしていた。でも、だからといって蘇武にそこまでしてもらうわけにはいかない。

「平気です。たいしたことないですから」

「だめだ。忍はすぐ無理をするから。風邪は万病の元というだろう？」

「……でも、ただでもいつもよくしていただいているのに……」

「いいから」

蘇武は強く言う。

「忍の病院代くらいたいした額ではないんだから、気を遣うことはない。忍の身体が第一だよ。いいね？」

「……はい」

忍は頷いた。やはり申し訳ないという気持ちは消えないけれども、彼の気持ちが嬉しかった。もう少しようすを見て、本当に治らないようなら行ってみようと思う。

「ありがとうございます」

素直にお礼を言うと、彼は微笑って頷いた。

「さあ、もう起きないと」

「はい……」

気がつけば、外はすっかり白くなっていた。もう、彼が帰ってしまう時間だった。いつもこのときは、胸を締めつけるような寂しさを感じずにはいられない。

忍は自分の身繕《みづくろ》いを中断して、蘇武の支度を手伝った。浴衣を脱がせ、スーツを着せかける。少しでも彼が長くいてくれるよう、できるだけゆっくりとするが、それでもすぐに支度は終わってしまう。

「今日は見送りはいいよ」

と、蘇武は言った。

「え……でも」

「温かくしてゆっくり寝ていなさい。寒さは身体に悪い」

(優しいな)

と、忍は思う。

ふだんしていることを少しでも怠《おこた》ると、軽く見られたと怒る客が多い中で、こんなふうに敵娼を思いやってくれる人は、とても少ない。

（やっぱり大好き）

だけど見送りたいのは忍のほうなのだ。大門までのほんの少しのあいだでも、少しでも長く蘇武と一緒にいたいと思う。風邪なんか悪くなったって、かまわないのに。

けれど何度言っても、蘇武は決して許さなかった。

「だめだよ。こじらせたらどうするんだ。忍はあまり丈夫じゃなさそうだから心配だよ。さあ、客の命令だと思って、横になりなさい」

「でも……」

布団に寝るように言われ、忍は最後の抵抗を試みる。

「じゃあせめて玄関までだけでも……お願いします」

（まだ離れたくない）

そんな忍の心の声が聞こえたのかどうか。

「……可愛いこと言うね」

と、蘇武は言い、忍の頬を撫でた。

「これも手管《てくだ》かと思っても、やっぱり可愛いものだね。よろめきそうだ」

「違います……!!　そんなんじゃありません……!!」

忍は思わず声をあげてしまった。もともと忍は手練手管を使うのがとても下手なほうだが、蘇武に対しては、使おうと思ったことさえなかった。夢中になりすぎて、そんな余裕が全然なかった。

蘇武は笑った。

「わかったよ」

そして今結んだばかりのネクタイを引き抜く。

「今日は帰るのはやめた」

「え⁉」

忍は絶句した。

朝になっても客が帰らず、そのまま次の夜まで登楼したままでいることを、流連《いつづけ》と呼ぶ。

帰らないとはそういうことだった。

「嫌？」

「まさか‼　でも……」

蘇武がいてくれるなら、そんな嬉しいことはないけど。

「お家に帰らなくていいんですか？　お仕事は……？」

蘇武グループの後継者である蘇武の仕事は忙しく、登楼《あが》っても夜のうちに帰ってしまうことの方が多いくらいだったのだ。それに流連すれば、花代だってかなりのものになる。

「一日くらい休んでもかまわないだろう。やっと一段落ついたところだし、このところずっとまともに休んでなかったしね」

「ほ……本当？」

「私がいたら、嫌かな？」

忍は激しく頭を振った。

「凄く嬉しいです……」

そして彼の首にぎゅっと抱きついた。


朝食のあと、大事をとって風呂はやめておくようにと蘇武に言われ、盥《たらい》に湯を汲んできて、部屋で身体を拭いた。

緋襦袢一枚になり、襟元をくつろげて手拭いを這わせる忍の姿を、蘇武はやはり褥に寝そべって眺めている。髪は結ってあるが、幾筋か首筋にほつれかかったままになっていて、それがいいと蘇武は言う。

見ないでくださいと朝湯に送り出そうとしたのだが、いくら言っても聞いてくれないので、忍のほうが諦めてしまったのだった。

──お客にはサービスするものだろう？

（サービスなのかな。ストリップみたいな？　この貧弱な身体で……？）

それはとても疑問だったけれども、蘇武がこんなものでいいと言うなら、見てもらってもかまわないと思う。それでも、目が合うととても恥ずかしくて、つい視線を逸らしがちになってしまうのだけれども。

首筋から喉、鎖骨のあたりから胸へと手拭いをすべらせていく。

（あ……貴晃様の……するときの手順と同じ）

そんなことを意識すると、なおさら羞恥が募《つの》った。乳首が痛いくらい硬く尖る。着たまま拭けるところはすぐに拭いてしまって、もっと背中のほうを拭くためには、襦袢を落とさなければならない。

──恥ずかしがることはないだろう。もう何度も見ているんだからね

蘇武のその言葉のとおりだと思うのに、忍は何だか真っ赤になりながら、目を伏せて肩をあらわにした。

その手から、ふいに手拭いが奪われた。

「え？」

驚いて振り向くと、いつのまにか蘇武がすぐ傍にいた。

「手伝ってあげよう」

「そんな……だめです、そんなこと」

「どうして」

「だって……そんなことまでしていただくわけには」

忍が言いかけるのも聞かずに、蘇武は簡単に襦袢を剝いてしまった。手拭いを湯で絞りなおしながら、彼は言った。

「熱かったり、痛かったりしたら、ちゃんと言うんだよ。何しろこんなことをするのは初めてだからね。ちょっと自信がないんだ」

「……」

忍は思わずじっと蘇武を見つめてしまう。

「どうかした？」

「……貴晃様にも、初めてのことってあるんだな、と思って」

「そりゃあああるよ」

蘇武は笑った。

（それはそうか……）

蘇武のような立場にある人間が、そうそう他人の身体を拭かなければならないような機会など、あるわけがなかった。そう思うと申し訳なさが募ったが、それでも、蘇武にとっての「初めて」をもらえて、忍は嬉しかった。

忍自身、こうして人に身体を拭いてもらうことなど勿論初めてだった。ひどく申し訳なくて、恥ずかしかったけれど、それは自分でするのより何倍も心地よかった。

「気持ちいい？」

「はい。とっても」

「忍は綺麗な肌をしているね」

「……そうですか？」

忍はぽっと赤くなる。

「白くてきめ細かくて……だけどそれだけに、跡が残っているのが痛々しい」

言いながら、蘇武は忍の背中にそっと口づけた。そこには治る暇のない打擲の跡が、痣《あざ》のように濃く残っていた。

「あまりひどい客は、断れないのか」

「そういうわけにはいきません」

「蜻蛉などはずいぶん我《わ》が儘《まま》をしていると聞くが」

「あれは特別です」

忍は苦笑した。

蜻蛉くらいの美妓だからこそできることだし、あれはもう、あの驕慢《きょうまん》さが売りになってしまっている。何しろ「お姫様」なのだ。蘇武にだってそれくらいのことはわかっているだろうに。

それに、蘇武以外でこのごろ最も頻繁《ひんぱん》に通ってくれ、この傷をつけているのは、彼の仕事の関係者でもある原なのだ。蘇武を登楼させ、原だけを振るような真似をして二人にわだかまりができ、蘇武の仕事に支障を来《きた》すようなことにでもなったら。

少しでも蘇武のマイナスになりそうなことは、したくなかった。

「あっ……」

ふいに忍は手首を摑まれ、畳に引き倒されていた。驚いて蘇武を見上げる。

「貴晃様……？」

「横になって脚を開かないと、ここは拭けないだろう？」

脚を割り開かれ、かーっと全身が熱くなる。忍は思わず上体を起こそうとしたが、肩を押さえられて、させてもらえなかった。

「そ……そこは自分で……っ」

「いいからまかせておきなさい」

「ひゃっ……」

狭間《はざま》に温かい布の感触を感じて、忍は悲鳴をあげた。

「貴晃様っ……そんな」

「ほら、じっとしていなさい」

蘇武がしたいことなら何をしてもいいけど、滅茶滅茶《めちゃめちゃ》に恥ずかしかった。蘇武はいつも防具を使うから、中から溢れてくることがないのはないのはせめてもだけれど。

「……っ……」

性器を手拭いで包み込まれ、思わず息を詰める忍に、蘇武はふいに聞いてきた。

「忍は、そういえば今、いくつだった？」

「え……」

そんなところを触りながら、聞かないで欲しかった。性器の育ち具合を見られているようで、恥ずかしい。それでも忍は息を詰めながら答える。

「……っ……十九になります」

「十九？」

少し驚いたように、蘇武は聞き返してきた。忍は薄く目を開ける。

蘇武は顔を上げ、目をまるくした。

「……？」

「いや……。華奢《きゃしゃ》だからかな、十七歳くらいかと思ってたみたいだ。そういえば十八歳以上でないと春を売ってはいけないんだったな。大見世はそういうところ、しっかりしてるから……」

正直な言い様に、忍は笑った。

実際、年相応にはあまり見られたことがなかった。もしかしたら本当に十九ではないのかもしれない。棄て児だったから、早く仕事ができるように、実際の推定年齢より上に届け出られている可能性もあった。

今となってはもうわからない。

「貴晃様は……？」

「今、二十八……忍が生まれた頃には、九歳くらいだったことになるか……」

「可愛かったでしょうね、きっと……」

「さあ？　そうでもなかったんじゃないかな」

子供の頃の蘇武をうっとりと思い浮かべる忍を、彼はさらりと受け流す。

「私のことより、忍の話が聞きたいな」

「……俺……？」

多少でも興味を持ってくれているのかと思えば嬉しかったが、この機に蘇武のことを少しでも聞かせてもらえるかと期待した忍は、ちょっとがっかりした。けれど、あまり話したくなさそうなのを敢《あ》えて聞くことはできない。あたたかい家庭ではなかったらしいことは、忍の耳にも入っていた。

「……俺のことなんか……何も面白いことはないと思いますけど……。物心ついた頃から、外に出たこともないですし、……変わったことは何も……」

そもそもこんな恥ずかしい格好をしながら話すようなことではないと思う。なのに、蘇武は問いかけてくる。

「誰か、好きになったことは？」

「えっ……？」

忍はふいを打たれ、思わず首を振った。

「ありません」

「本当？　顔が赤いよ？」

「あぅ……っ」

手拭いで包むように裏から撫で上げられ、忍は淫らな声を放った。こういう遊びなのか、とやっと理解する。

「本当……です。……貴晃様が初めてです……」

息を詰めながら、忍は答えた。

「私が初恋？」

「……はい……、っ……」

昔は、何人もいる客の中で、たった一人だけが特別になるなんてことがありうるのかと思っていた。けれど実際に今、忍にとっては蘇武だけが特別な存在になっている。不思議だった。

「上手だね」

と、蘇武は微笑う。

「みんなにそう言ってるんじゃないの?」

昼を開いたらとてもいやらしい喘ぎになりそうで、忍はぶるぶると首を振った。

(貴晃様だけが好き)

今までに相手をした客が、彼だけだったのならよかったのに、と夢のようなことを忍は思う。せめて水揚げだけでも、彼にしてもらえていたら。

(あんまり意味はないかな……)

水揚げに莫大《ばくだい》な金が動くのは、奪い合いになるような将来有望な新造の場合だけのことなのだ。

忍のように、水揚げに大金を出してくれる客がつく見込みのない妓は、本来は身を売ってはならないはずの振袖新造《ふりそでしんぞう》の頃から、密かに客の相手をするのが暗黙の了解だった。そしてお小遣いを貯め、突き出しと言われるお披露目《ひろめ》のための費用をつくらなければならなかった。勿論違法だし、本当はいけないことだが、そうする以外、惨めな思いをせずに済む方法はなかったのだ。

忍も正式な水揚げの前に、何度も客をとったことがあった。水揚げだけを蘇武にしてもらっても、仕方がないといえばそうだった。

「……っ……ふ」

緩く擦られ、忍は喘ぐ。

「忍は本当に、見られていると感じるんだな。ほら……手拭いがぬるぬるになって」

「やっ……」

感触でわかっていたことを指摘され、思わず遮ってしまう。先刻から、撫でられるたびに雫している自覚があった。

「一度達かせてあげようか」

忍の身体を気遣い、忍だけを満足させようとしてくれる蘇武に、忍は首を振った。手や口でしてもらうだけでは、いっそう疼いて我慢できなくなりそうな気がした。

忍は手を伸ばし、蘇武の首にぎゅっと抱きついた。

「して……。してください」

はしたなくねだる。彼のことが、欲しくてたまらなかった。蘇武といると、いつも全身で彼を求めているような気がする。彼に出会う前は、自分から「したい」なんて思ったことは一度もなかったのに、淫らな自分が不思議なくらいだった。

こんなにも欲しいのは、どうしてなんだろう。

(あまり時間が残されていない気がするから……?)

いつ蘇武が自分に飽きてしまうかわからない。それとも、もっと別の理由で引き裂かれ

ることがあるかもしれない。

何故だか不安だった。


それからまた一頻《ひとしき》りじゃれあった。自堕落《じだらく》だけれど、ひどく楽しかった。昼間ののんびりした廓のようすはなかなかいいね、と蘇武は言い、気に入ってまた流連してくれたらいいのに、と忍は思った。

そして朝湯とも言えない時間になってからようやく、蘇武を風呂へ送り出した。その帰りに、昼餉《ひるげ》を頼んでおこうと思いつき、厨房へ向かう途中で、庭の池で遊んでいる子供を見つけた。

おそらく客の連れてきた子供だろう。この頃ではだいぶ少なくなってはいるけれども、子供や孫を連れて遊里に遊びに来る客もまれにいた。そういった長閑《のどか》な空気が、吉原には未だ流れてはいたのだ。

客が遊んでいるあいだは、手の空いた新造や禿、お茶挽きの色子などが子供の面倒をみる。忍などはお茶を挽くことが多いだけに、その役もよく回ってきたが、子供は嫌いではなかった。

ことに今日は、先刻、蘇武の昔の話をちらりと聞いただけに、よけいに子供が可愛く見えた。

「何してるの？」

子供の傍に屈《かが》んで視線を合わせ、声をかける。

「水切り。やってみる？」

「うん」

石を差し出され、忍は受け取った。水切りとは、普通は河などで石を投げ、それが水面を何度跳《は》ねるかを競う遊びだ。

忍は見よう見まねでやってみたが、ちっとも上手くいかなかった。石は一度も跳ねずに水の中に沈む。

「だめじゃん」

と、子供に言われ、苦笑する。

「坊や、いくつ？」

「九歳」

「そう……」

やっぱりそれくらいか、と思う。なんとなく子供の頃の蘇武の相手をしているような気持ちになる。

「学校は？」

「学級閉鎖」

「そっか」

やはり風邪が流行《はや》っているらしい。

「忍」

「あ……」

後ろから呼ばれ、振り向くと、蘇武が敷石を踏んでゆっくりと近づいてくるところだった。浴衣の上に丹前《たんぜん》を羽織っている。まるで若旦那《わかだんな》のような姿が、何故かとても粋に見えた。風呂上がりの洗い髪と相まって、どことなく艶めいてさえ見える。忍はつい見惚れてしまいそうになる。

「何してるの」

「水切りです」

さっき聞いたのと同じことを答える。

「水切り？」

「こうやるんだよ」

子供が得意そうにやってみせる。

「やってみて！」

子供にせがまれ、蘇武は石を拾った。そして池に向かって投げる。子供が歓声をあげた。石は水面を二つも跳ねて向こう側まで届いたのだ。忍も思わず手を叩いた。

「本当に何でもお出来になるんですね」

「翔太《しょうた》……！」

そのとき子供を呼ぶ男の声がした。

「あ、お祖父ちゃんだ」

子供が声のした方へ振り向き、忍たちのことなどすっかり忘れて走り出す。忍はその姿を微笑ましく見送った。

「泊まりでも子供を連れてくる人がいるんだな」

子供の消えた植え込みを見やりながら、蘇武は言った。忍は苦笑する。確かに、子供を連れてくるような場所ではないはずなのだが、これも一種の伝統なのだろう。

「誰かしらは相手をする者がいますから」

「子供が好き？」

「ええ」

「そう」

蘇武の顔を見上げ、忍ははっとした。彼が少し遠くを見るような、何かを懐かしむような目をしていたからだ。

忍は、彼は寂しい人だと言っていた椿《つばき》の言葉を思い出す。

(寂しい)

——先妻があの人のお母さんなんだけど、結局堪えかねて、あの人を捨てて出て行っちゃったらしいぜ……

忍はきゅっと胸が痛むのを感じた。

(少しでも慰めてあげられたらいいのに)

きっと自分なんかでは、たいした役にも立てないだろう。それでも、忍を抱いているあいだだけでも、嫌なことを忘れて楽しんでくれたら。

蘇武は自分が着ていた丹前を脱ぎ、忍に着せかけてくれる。

「風邪がひどくなるよ。中に入ろう」

「はい」

丹前は、蘇武の体温を伝えて温かい。その温もりと彼の心遣いが嬉しくて、忍はそっと合わせを握り締める。

(こんなに人には優しくできる人なのに、自分自身は寂しいままなんて)

泣いてしまいそうになるのをごまかすように、忍は言った。

「お昼御飯、頼んできますから、先に部屋へあがっててください」

「うん」

蘇武は頷き、ふと視線を落とす。忍の足許を見て、呟いた。

「その下駄……」

忍が履いているのは、初めて蘇武に出会ったときに鼻緒をなおしてもらった下駄だった。修理した鼻緒の色はばらばらで、木の部分もだいぶ傷《いた》んですり減っている。

「そういえばもうぼろぼろになっていたんだったね。気づかなくて悪かった。新しいのを買ってあげよう」

「いいです、そんな……！」

忍は慌てて首を振った。ただでさえ今までいろいろなものを買ってもらったり、お金をかけてもらっているのに、これ以上は申し訳ないと思う。それに、

「これがいいんです」

忍は思いを込めて蘇武を見上げ、微笑んだ。彼との思い出の下駄だから、これがよかった。

「……可愛いことを」

蘇武は忍の頬に手を伸ばし、そっと指で撫でてくる。そして忍の頭を撫でて言った。

「それなら、この下駄はこれとしてとっておけばいい。ふだんに履くのは新しいのを買えばいい。仕掛けと揃いで誂《あつら》えてあげよう。これからここへ呉服屋を呼ぼうか」

「そ……そんな、でもこのあいだだって……」

あまりに早い話の進みに焦《あせ》って、舌が縺《もつ》れそうになる。

「いいから」

蘇武はしっ、と忍の唇を指で塞いだ。

「下駄はまた鼻緒がとれると危ないし、仕掛けは、忍にいつも私が買ってあげた着物を着ていて欲しいからだよ。私のためだ。わかったね」

それだけ言うと、蘇武は踵を返した。

（貴晃様……）

忍が気遣わないように、わざとそう言ってくれるのがわかる。忍は涙ぐみそうになりながら、先に庭からあがり、忍の部屋へ戻っていく彼の背中を見送った。

午餐《ごさん》を終える頃には、本当に呉服屋が花降楼へやってきた。

主人に店の者が二人も付き従い、とりどりの豪奢《ごうしゃ》な反物《たんもの》を座敷いっぱいに広げて見せる。

忍の部屋では入りきらずに、昼間は空いている座敷の一つを借りたのだった。

金糸《きんし》銀糸《ぎんし》、紅、青、紫。生地も最高級の絹ばかり綸子《りんず》から縮緬《ちりめん》まで、目も眩《くら》まんばかりの目映《まばゆ》さだった。帯や襦袢まで一揃いつくると言われ、それぞれのための布まで見せられて、忍は呆然としてしまう。

もちろん値札などついていないだけに、いったいいくらするのだろうと思うだけでも、恐ろしかった。

「忍はどれがいい？」

と聞かれても、答えが出てこなかった。

「あの……俺、ほんとに」

「これなどはいかがでしょう」

呉服屋の主人が次々に華やかな反物を勧め、蘇武が目に留まったものを忍の肩にあててみる。煌《きら》びやかな着物には顔が負けて、却ってみっともないことになっているのではないかと忍はどきどきしたが、

「綺麗なものを着ると、やっぱり顔も華やぐね」

などと蘇武は言ってくれるし、鏡に映してみると意外に悪くないような気もする。このごろは何故か、化粧をしているわけでもないのに頬にぽっと赤みが差しているせいもあって、紅や朱の顔映りが思っていたよりずっといいのだ。

「どれもよく似合って、迷ってしまうね」

そんなふうに言ってくれるのはお世辞なのだろうが、やはり嬉しかった。呉服屋の主人も蘇武と一緒になって誉めてくれた。

「どの生地が、一番脱がすのが楽しいかな？」

と、蘇武は言う。

「貴晃様……っ」

「男が着物を買ってあげるのは、それを脱がせたいという意味だよ」

蘇武が人前でそんなことを言うので、つい赤くなって上目遣《うわめづか》いで睨んでしまう。

最初は借りてきた猫のように固まっていた忍だが、蘇武に揶揄われたりしてしばらくたつうちには、少しずつ慣れてきていた。

（やっぱり綺麗だし……）

美しい反物は、眺めているだけでも目の保養になった。

（あ、これ……）

ふと目についた一反に、忍は手を触れた。薄紅《うすべに》の錦紗《きんしゃ》に、金糸銀糸で凝《こ》った刺繍《ししゅう》が施《ほどこ》してあるものだった。

蘇武が目聡《めざと》く見つけて取り上げる。

「忍冬《すいかずら》の色だね」

「ええ」

ぱっとわかってくれたのが嬉しくて、顔が綻ぶ。

忍冬が咲き始めは白や薄紅色で、やがて淡い黄色に変わるから、金銀花とも呼ばれていることを教えてくれたのは、蘇武だった。

蘇武は反物をするすると広げ、忍の肩に掛けてみせる。

「落ち着いてるけど、金糸銀糸に華やかさもあっていいね。忍の顔にもよく映る。これにしようか」

「え」

そんなに簡単に決めてしまっていいのかと、忍は驚く。

「これは本当にいいお品ですよ」

と、呉服屋の主人が口を挟む。

「気に入らない？」

「そんなわけありません。凄く綺麗です……！」

忍には勿体ないくらいだ。

「他にも欲しいものがあれば言いなさい。何反でもかまわないよ」

と言ってくれる彼に、忍は思わずぶんぶんと首を横に振ってしまい、また笑われた。

それからそれに合わせて帯や半襟《はんえり》などをいくつも選び、下駄も買ってもらって、すべてが終わったのは街に見世清掻《みせすががき》の音が響きはじめるころ、ようやくのことだった。

冬のうちに仕立て上がるという。

「すばらしいものになりますよ」

と、主人は言った。

呉服屋を帰し、二人きりになると、蘇武は囁いてくる。

「出来上がったら、真っ先に私に見せてくれるね」

「勿論です」

忍は微笑い、頭を下げた。

「今日は本当にありがとうございました」

ここまで贅沢なことをしてくれる、彼の気持ちが嬉しくてたまらなかった。じわりと浮かんでくる涙を隠そうとしたけれども、蘇武に見つかった。

「バカだな、忍は」

彼はそう言って忍を引き寄せ、目元に口づけた。

【6】

その日は、蘇武《そうぶ》グループの取引先の創立五十周年記念パーティーが、都内のホテルで開かれていた。

義理があって出席しないわけにはいかなかったが、蘇武はひどく厭《あ》いていた。

柔らかな社交辞令も作法も、困ることは何もないが、好きではなかった。殊《こと》に、次から次へと紹介される若い貴婦人たちの相手が鬱陶《うっとう》しい。このうちのどれかが縁談に発展するのだろうと思えば余計だった。

蘇武は適当なところで逃げ出して、テラスでグラスを傾けていた。

（満月か……）

月を見ると、忍《しのぶ》のことを思い出す。

可愛くない寝顔を見せたくないと早起きして頑張っている忍には少し可哀想だが、眠っている顔は、いつも夜のうちに月明かりで眺めているからだ。

おとなしい顔は、目を閉じているといっそうおとなしくなる。下がり気味の眉に、小さな鼻と口。細いが長い睫《まつげ》が頬に影を落とし、ほつれ毛がかかる。はだけた緋襦袢の襟から、華奢な肩と背中が覗き、蒼白く肌が浮かび上がる。

そんなどこか頼りない姿に惹きつけられて、ふと気がつくと髪を撫でていることがある。誰と寝ても、今まではなかったことだった。

女性が嫌いなわけではなかった。柔らかい、抱いて眠るのにはちょうどいい大きさをしている。娼妓とは、後腐《あとくさ》れなく金で遊べる。

けれどそんな遊びを続けるうちに、蘇武自身が景品のようになっていた。

誰が彼を落とすか。落とせれば、この吉原で一気に名が上がる。

最初は苦笑しながら、彼女たちの華やかな鞘当《さやあ》てを他人事のように楽しんでいた蘇武は、いつしか花街を遊び歩くのにも倦《う》みはじめていた。

忍と出会ったのは、そんなころのことだ。

おとなしそうで、優しげで、どこか儚《はかな》い感じがした。気の強さと張りを持った大見世の色子たちの中で、こんな妓がやっていくのはさぞ辛いだろうと思った。他の妓とはどこか少し違って見えた。だから花降楼《はなふりろう》の庭で姿を見たとき、声をかけてしまったのかもしれない。

同じだとわかったときは、ひどくがっかりした。

忍は蘇武の身許がわかっていたから、自分の部屋へ上げたのだ。景品が、欲しくて。

そういう据《す》え膳《ぜん》なら、手を出してもかまわないだろう。

気まぐれに手折《たお》って、そのまま通うようになった。娼妓を抱いて、花代を払わずにいるわけにはいかないと思ったし、こんな目立たない妓の馴染みになってみるのも面白いと思った。周囲がなんと囀《さえず》るか楽しみでもあり、煌びやかな女ばかりを見慣れた目には、どこか娼妓らしくない従順で静かな妓は目新しくもあった。

教えれば、どんな恥ずかしいこともする。辛そうなのに、素直にすべてを受け入れて、一生懸命尽くそうとしているのが可愛かった。

着物を買ってやったくらいであんなに喜んで、下駄を大切にして。

そんなことはすべて手管で、娼妓とはそういう生きものだ。自分に対してだけ向けられる厚意ではないのに、それに嵌《はま》って娼妓に本気になる男などバカだ。

けれどそうとわかっていても、ぐらっとくることがある。

——お客様に悦んでいただくのが仕事です。何でもしてさしあげるし、何をなさってもよいのです……

忍の科白を思い出した瞬間、蘇武は思わず握り締めたグラスを割りそうになっていた。

「……おや」

そのときふいに、話しかけてきた男がいた。

「蘇武さんじゃありませんか。お久しぶりです」

顔見知り程度のつきあいの、中年の会社役員だった。彼はゆっくりと蘇武に近づいてきた。

「お久しぶりです」

外見はともかく、品性下劣なのであまり好きな相手ではない。嫌悪感を顔に出さないように気をつけながら、蘇武はあいさつを返した。

「忍の馴染みになったんですって？」

「……よくご存じですね」

「ええ、私もよく吉原へは顔を出すものですからね。あの妓はどうです？」

「どうと言われましても……可愛らしい妓ですよ」

「ほう……」

男は少し驚いたような顔をする。

「実は私もあの妓の馴染みだったことがあるのですよ」

「え……？」

蘇武は思わず目を見開き、まじまじと相手を見てしまった。忍は娼妓だから、たくさんの男の相手をしてきているのは当たり前だが、こんなところでその相手に出会うとは思わなかった。

こんな男が忍を抱いたのかと思うと、蘇武の胸に沸々《ふつふつ》と不快なものが込み上げてきた。

「よく続いていると思って感心していたのですよ。遊び慣れた方には、ああいう妓が却って良いのでしょうかね」

「……どういう意味です」

「正直、あまり面白い妓ではないと思うのですがね」

「そうでしょうか？」

ひどい苛立ちを覚えながら、蘇武は問い返す。

「器量も今ひとつだし、あっちのほうもね。……まあ、一生懸命演技はするのですが、さすがにわかりますしねえ。おとなしくて言いなりになるだけでは……」

蘇武はつい、言葉を返すことを忘れた。

(忍が感じないって？)

彼の知っている忍は、最初からかなり敏感なほうだったと思うのだ。悦がって、濡れて、より深くを希《のぞ》んで必死になって縋りついてきたのだ。そしてその、表のおとなしさ、しおらしさとは似ても似つかない淫らな性質は、回を重ねるごとに強くなっていると思う。

演技である可能性もないではないが、だてに遊んできたわけではないし、さすがに見抜けると思う。下手な演技ならなおさらだ。それに、身体の反応はごまかしようがないはずだった。

(誰のことを言っているんだ？)

戸惑う蘇武に気づかず、相手の男は続ける。

「それに、『まだ帰らないで』とか『寂しかった』とか、娼妓なら誰でも言うようなちょっとした嬉しがらせの一つも言わないのでは、はりあいがないことこのうえない。そんなわけで、すぐに通わなくなってしまいました。他にも忍の客だった人に会ったことがあるんですがね、同じようなことを言っていましたよ」

「……それは誰の話です？」

つい、蘇武はそう口にしてしまう。

「誰って、花降楼の忍ですよ」

その答えを聞き、彼は小さく笑った。

「あの妓はいいこですよ」

蘇武には、忍は必死で気持ちを訴えてくるのだ。言葉でも、瞳でも。

――俺は、蘇武様さえ来てくださったらいいんです
忍の声が耳に蘇る。

――誰にでも同じことを言うんじゃないの？

――そんなことありません……っ
くすくすと笑ってしまう蘇武を、相手は妙なものを見る目で見つめている。

「いや、失礼」

蘇武は相手に嘲笑を向けた。

「ただ忍の可愛いところを引き出せなかったあなたが、とてもお気の毒だと思いましてね。私のときは淫乱なくらいに感じますし、嬉しいこともたくさん言ってくれますよ。それなのに、あなたはまるでご存じない」

そのことを、おかしいくらい喜んでいる自分がいる。

蘇武は腕時計を見下ろした。

だいぶ遅くはなるが、登楼できない時間ではなかった。

＊

二月になり、寒さが急に厳しくなると、忍は体調を崩すことが多くなっていた。

微熱と咳が続いて、起き上がるのさえ辛いことがある。蘇武のおかげでやっと人並みに食べられるようになったのに食欲はあまりなくて、ますます痩せてきた気もする。

（やっぱり、少しおかしいかも）

それでも、簡単に見世を休むわけにはいかなかった。

明日こそ病院へ行こうか、と思う。たいしたことはないはずだと思って今日まで放っておいたけれども。……いや、むしろ心の底では不安があったからこそ、診察を受けるのが怖かったのかもしれない。

（どうしよう……もし悪い病気だったら）

それに蘇武のおかげでだいぶ潤《うるお》ってきたとはいえ、忍には重病の治療を受けられるほどには、まだ金子《きんす》がなかった。売れっ妓になって返せる見込みのない妓には、見世も貸してはくれないだろう。

思いあぐねながら、見世に出る支度をする。

蘇武でなければ、誰もお客がつきませんように、と忍は願っていた。

具合が悪くて辛いからだが、蘇武以外の男に抱かれたくない気持ちがないとは、絶対に言えなかった。

ついこのあいだまでお客について欲しくてならなかったことを考えると、信じられないような自分の変化だった。

けれど間の悪いもので、そんな夜に限って、客が来てしまう。

少し前から忍の馴染みになっている、原《はら》だった。蘇武グループのメインバンクである帝国銀行の頭取の息子で、蘇武の知人でもある。

そしてまた、敵娼を苛め抜くのが好きな、特殊な趣味を持った男だった。

ふだんなら、客が喜ぶのなら、どんなふうに忍を使ってくれてもかまわないと思う。けれどさすがにこの体調で、そういう男の相手は辛い。

彼の姿を格子の向こうに見つけたとき、忍は思わず逃げ出したくなったが、そんなことができるはずがなかった。

(感謝しなきゃいけないのに……)

忍のような妓を買ってくれる、貴重なお客様なのだから。

部屋へ通すと、酌《しゃく》もそこそこに、褥へ押し倒された。後ろ手に縛られ、後ろから着物を捲られ、塗り込められたのはただの潤滑剤ではなかった。

——これで感じられるだろう?

蘇武に抱かれるときと違い、あまり感じず、演技も上手でない忍が面白くなかったのだろう。催淫《さいいん》薬を使って責め立てられ、忍は乱れに乱れた。もともと蘇武に抱かれるようになって開花しつつあった身体は、ひとたまりもなかった。

その蘇武が突然登楼したのは、夜もだいぶ更けてからのことだった。

短いあいだにくたくたになるほど弄《もてあそ》ばれ、それでもまだ疼く身体を引きずって、忍は廻し部屋へ行った。彼を廻し部屋へ通すのは、初めてだった。そもそも予約なしで登楼するのはめずらしかった。

そこでは蘇武が、名代《みょうだい》の新造を相手に飲んでいた。襖を開ける前から、二人の笑い声が廊下まで響いていた。

誰にでも優しい蘇武は、名代にもきちんと気を配り、豊富な話題で楽しませているようだ。勿論、手を出したりはしていないだろう。客が名代にふれてはいけないのは、廓の掟《おきて》だった。

でも、わかっていても、胸が灼けるようだった。

忍は膝を突き、襖を開ける。

「いらっしゃいませ。貴晃《たかあき》様」

「うん」

ゆっくりと盃を置きながら、蘇武は鷹揚《おうよう》に頷いた。

新造が手を突いて頭を下げ、忍と入れ替わりに部屋を出て行った。背中で襖が閉まる。

「こっちへおいで」

蘇武が呼んでくれる。忍はよろよろとおぼつかない足取りながら、駆け寄った。崩れるように傍へ座ると、潤んだ目で彼を見上げる。

「貴晃様……」

貴晃は目を細めた。

「他の客と一緒だったんだ？」

「……はい……」

「イッたの？」

蘇武にそんなことを聞かれるとは思わなかった。なのに、ずくんと下腹が疼く。

「……はい」

と、忍は答えた。

仕事だから、それは当たり前のことだった。蘇武だって、初めて逢ったときから、忍が一人前の色子としてやっていけるように応援してくれていた。だけど何故だか申し訳なくて、忍は眉を寄せる。

けれどそれなら黙っていればいいのに、忍は正直に答えてしまっていたのだ。

（どうして？）

彼に嫉妬して欲しかったからか、罰をあたえて欲しかったからなのだろうか。

（多分、両方だ……）

「あっ……」

蘇武は忍の腕を掴むと、褥へと突き倒した。

うつ伏せになった忍の腰だけを抱え上げ、まだうずうずと疼くところへ、いきりたつ自身を押し当ててくる。たったそれだけで、忍は先端からぱたぱたと雫を零してしまう。

そのまま、蘇武は思いきりねじ込んできた。

「ん――ッ!!」

てのひらで後ろから口を押さえられ、忍は呻いた。爛《ただ》れたように疼く肉襞《にくひだ》を割り拓《ひら》き、一番奥まで貫いてくる。辛くないと言ったら嘘になるが、それは恐ろしいほどの快楽だった。

「あっ、あ――っ……」

蘇武の楔《くさび》が奥まで届いた瞬間、忍はあっけなく放っていた。

「あ……あ……」

「挿《い》れただけで……か。先の客にはずいぶん可愛がってもらっていたようだね。中も……柔らかくなってる」

「あッ――」

蘇武は意地悪く言いながら、達したばかりでまだびくびくと震えている忍の体内を蹂《じゅう》躙《りん》しはじめる。

強すぎる感覚に、涙が出た。

「あ……んんっ……」

気持ちいい。信じられないくらい気持ちがいい。腰から溶けてしまいそうだった。いつも以上に蘇武を熱く感じた。

（あ……もしかして）

防具を装着する暇はなかったと思う。だから、今はじかに蘇武を咥《くわ》えて――接しているのだろうか？

意識すると、ぎゅっと後ろが引き絞られる。耳許で、蘇武が小さく息を詰めるのが聞こえた。

（感じてるんだ……貴晃様も）

「あっ……」

忍を壊そうとするかのように、激しく突き上げてくる。熱いもので内側の柔らかい襞を痛いくらい擦られ、けれどそれが悦くてならなかった。信じられないくらいの愉悦《ゆえつ》に、忍はまたあっというまに達してしまいそうになる。

「……だめ……また……」

「何度でも、達《い》けばいいだろう。先の客の前では何回達った？」

「あ――……」

どうしても我慢がきかずに、忍は二度目の絶頂を極めていた。蘇武はまだ忍の中で動いている。

「やあ……あぁぁ……――」

彼は、忍が吐精《とせい》しているあいだも、やめてはくれなかった。

「忍……答えなさい」

「……んっ……ふっ……」

「どうやって達ったの？」

「……や……んっ……」

忍はふるふると弱く首を振った。何故蘇武はこんなことを聞くのだろうと思っていた。

「答えないと、いつまでも終わってあげないよ？」

それだったらどんなにいいだろうと忍は思った。いつまでもこうして蘇武に貫かれて、繋がっていたかった。

「……あっ……」

促すように強く突かれ、忍は唇を開く。

「最初縛られ……て」

「どんなふうに」

「……こんな……感じ。後ろから……お客様のネクタイで」

喋るだけでも下腹に響き、濡れてしまう。恥ずかしくてたまらないのに、蘇武に問いつめられることは、怖いくらいの悦楽をもたらす。

「……それから」

「何か……塗られ……っ……」

「何を」

「……冷たいの……冷たいお薬……」

「何の薬？」

「き……気持ちよくなるお薬……最初冷たくて、すぐ……熱く……っ」

「そう……それで気持ちよくなったわけだ、忍は」

「あぁッ――――」

思いきり突き上げられ、忍は悲鳴のような声を漏らした。濡れそぼった先端から、褥に滴《したた》りが落ちる。

「……っふ……っ」

ぼろぼろと涙が零れる。

「それからどうしたの」

「後ろから挿れられ……」

「それで？」

「……奥まで擦られて……悦くて……すぐイっ……」

そんなことまで答える必要はないと思う。でも、唇から零れる言葉は止まらなかった。

蘇武にだけは知られたくなくて、同時に聞かせたくてたまらない。仕事とはいえ、他の男に抱かれる自分をどう思うのか問いつめたい。嫉妬させたかった。

忍がそれを口にした途端、嵌《は》めたまま思いきり身体を引っ繰り返された。

「あぁ――……ッ」

苦しさに目の前が真っ赤に染まる。忍は激しく喘ぎながら、溢れ出る涙を堪えることもできなかった。

蘇武は容赦なく奥まで突き込み、髪を摑んで覗き込んでくる。

「縛られたり薬を使われたり……ずいぶん酷いことをされてるじゃないか……ええ？」

「あ……っ……」

突き上げながら問われ、忍は吐息をついた。

本当は、見世では薬を使うのは禁止されていた。けれど本人たちが黙っていれば表沙汰《おもてざた》になりようがないことなだけに、事実上黙認されているも同然だった。客を失うことを恐れて、口を噤むしかない色子たちも多く、忍もその一人だった。

「そんなことをされて、忍は平気なのか？　気持ちがよかったってことは、本当は好きなんじゃないのか？」

涙に霞《かす》んだ視界の中に蘇武の姿を捉え、忍は首を振った。お客様に悦んで欲しいと思う。そのためなら何でも我慢できるけど、酷いことをされるのが好きなわけでは、決してなかった。

「……っ……仕事、ですから……」

「仕事、ね」

蘇武が皮肉な笑みを浮かべる。あまり見たことのない表情に戸惑う忍の身体を、彼はまた容赦なく突き上げてきた。

「あぁぁ……っ……あ……っ」

左の乳首をちぎれそうなほど痛く嚙まれ、その瞬間、忍はまた昇りつめていた。痛いのに、何故、と思う。

けれどそんなことを考える暇もなく、激しく揺すぶられた。

されるがままになりながら、忍は蘇武の背中に縋りついた。

抱き締め、ねだるように内腿を蘇武の腰に擦りつける。もっと激しく苛めて欲しかった。

苛められても仕方のないことをしたのだと言って欲しかった。深く繫がりたかった。

「あ……あ――っ……」

薬液の残った内壁は、少し擦られただけでも頭が真っ白になるほど感じる。互いの腹に挟まれた忍のものは、無惨なほどの吐精にまみれて濡れていた。

「ん、ん、んん……っ」

嬲《なぶ》るようだった蘇武の動きが次第に速くなる。そしてひと息に奥まで貫いてきた瞬間、忍は体内で溢れるものを感じ、自らも達していた。中で射精される悦びに震えた。

こんなふうにして欲しかった。――ずっと。


嵐のような一時が過ぎ、褥にうつ伏せたまま眠りかけていた忍は、髪にふれられる感触

でふと目を覚ました。

ぴくりと睫を震わせる。ゆっくりと瞼を開けると、自分を見下ろしている蘇武の姿を見つけた。

(……貴晃様……)

寝顔を見られてしまったのが、少し恥ずかしい。変な顔をしていなかっただろうかと思いながら、はだけかけた緋襦袢の襟を合わせ、忍はそろそろと身体を返した。

仰向けになると、蘇武は頬に手を伸ばしてきた。冷たくて心地よい。少し、また熱が出ているのかもしれない。

「……無理をさせたね。嫉妬して……可哀想なことをした」

忍は小さく首を振った。このくらいのことは平気だった。むしろこのほうが、本物の蘇武にふれられる気がした。蘇武が嫉妬したと言ってくれて嬉しかった。

「……そうだね。忍はそれが仕事だったね」

けれど蘇武のそんな言葉が聞こえた途端、一度は止まっていた涙が、ふいに溢れた。

「……ごめん」

忍は顔を覆って涙を隠し、ふるふると首を振った。

「……忍」

その手を、蘇武はそっと引き剝がす。閉ざしかけた瞼を開けると、蘇武は真剣な顔で忍を見つめていた。

そして、彼は唇を開いた。

「おまえを身請けしようと思う」

「……？」

すぐにはその言葉の意味を理解することができず、忍は首を傾げた。

「今……なんて？」

「身請けしたいと言ったんだよ」

「――……」

忍は声もなく目を見開いた。

（貴晃様が俺を、身請けしてくださる……？）

信じられなかった。蘇武が――そもそも忍は、今まで誰かが自分を身請けしてくれるかもしれないなんて、考えたこともなかったのだ。

「ほ――本気でおっしゃってるんですか……？　俺なんか……」

「勿論、本気だ」

蘇武は、驚いて反応することもできない忍の背に手を差し入れ、そっと褥の上に抱き起こした。

「もう、おまえを他の男に抱かせたくないんだ」

「……貴晃様……」

他の誰にもふれられることなく、ただずっと蘇武だけを待って暮らせたらと思ったことはあった。でもそれは夢の話で、蘇武が自分のような妓を、本当に身請けしてくれるなんて。

「私のものになるのは嫌か」

忍は顔を上げ、首を振った。

「嫌なわけありません……！　……ただ……信じられなくて……夢を見てるみたいで」

忍は彼にとって、「ほんのしばらくのあいだの隠れ蓑」ではなかったのだろうか。

「夢なんかじゃないよ」

蘇武は笑った。

「貴晃様……」

（……貴晃様が身請けしてくださる……苦界から出て、貴晃様のものになる）

（他の男に抱かせたくないって……）

その言葉が嬉しくないわけがなかった。天にも昇るような夢の言葉だった。けれど忍は同時に、大きな不安も覚えずにはいられない。

「……でも、俺なんか……貴晃様にはふさわしくありません」

「ふさわしいかふさわしくないかは、私が決める」

「身請けなんかしたら、お家の方はきっとお怒りになります」

「怒らせておけばいい」

「そんなこと……っ」

蘇武は笑った。

「嘘だよ。大丈夫。最初は渋るかもしれないけど、ちゃんと話をしたらわかってくれるから」

「ほ……本当に？」

「ああ」

「でも……っ、身請けなんて、いくらお金がかかるかしれません。……今までだって、ずいぶんよくしていただいているのに……」

「大丈夫だよ。そのくらいのことは」

蘇武は何でもないことのように言う。忍には想像もつかないほどの大金持ちだから、本当に身請け金などたいしたことではないのだろうか？

「ほかに何か不安がある？」

「あ……」

（病気のこと）

この頃、悪くなる一方の自分の身体のことが、忍の胸を過ぎった。

もし悪い病気だったら、蘇武に迷惑をかけてしまうかもしれない。治療費がたくさんかかるかもしれないし、満足にお勤めもできないかもしれない。それどころか、もしすぐに死んだりしたら、大金をどぶに捨てたも同じになってしまう。忍自身はあまり命に執着はないが、蘇武に丸損させるようなことになったら。

(せっかく、俺なんかを身請けするって言ってくださったのに)

「ん？　……どうした？」

優しく問いかけられ、忍は半ば無意識に唇を開いていた。

「……貴晃様にはたくさん綺麗な恋人がいらっしゃったのに、なんで俺なんか、身請けしてくださるんですか……？」

「忍はいろいろ聞いているらしいね」

蘇武は苦笑した。

「私が馴染みを持ったのは、忍が初めてだということも知っているはずだよ」

「でも……それは、いろいろなかたのところを渡り歩くのに飽きてきたところに、たまたま知り合ったから……。ぱっとしない妓が却ってめずらしかっただけで、すぐ飽きるって……」

「都丸か、よけいなことをおまえに言ったのは」

蘇武は吐息をついた。

「めずらしいというか、新鮮だったことは否定しないよ。初めて逢ったときのおまえは、見ず知らずの男を部屋にあげて、とても親切にしてくれたね。優しくて、可愛い妓だと思ったんだ。でも、私が誰だか最初から知っていたとわかって……裏切られたような気持ちになった。ああ、他の妓たちと同じか、って。それなのに、どうしてもまた逢いたくなって……。娼妓を抱いて、一円も払わないままにはできない、花代の埋め合わせをするべきだ……なんて自分に言い訳していたけど、本当はきっと初めて出会った日から、忍に惹かれていたんだと思う」

蘇武はそっと忍の頬を撫でる。忍の瞳にじわりと涙が浮かんでくる。

「忍に、また逢いたかった。そして通うようになったら、忍が私に親切だったのは、下心があったからというわけじゃないのかもしれないって、思うようになった」

「……下心なら、ありました」

忍は目を伏せて唇を開いた。

「……最初から、凄く素敵な人だと思ってたから……ちょっとでも一緒にいたくて、部屋におあげしただけです。そんなに俺、親切な人間じゃありません」

「私は他のお客と最初から違っていた？」

「はい」

忍はこくりと頷いた。

「でも、忍はお客なら誰でも大切にするよね」

「違います。貴晃様は違います」

泣き出しそうになりながら、忍は言った。どうやって伝えたらいいのかわからなくて、もどかしかった。

「ありがとう」

蘇武は笑ってくれた。

「忍といると和《なご》む。別れるとまた逢いたくなって、しばらく逢わないと、おまえの寂しそうな顔が頭にちらつく。週に一度が三日に一度になって、今では毎日でも通わずにはいられないくらいだ。他の男にさわらせるのが嫌でたまらない」

「貴晃様……」

「忍のことが好きだ」

「貴晃様……っ……」

溢れそうだった涙が、ぼろぼろと零れ落ちた。

ようやく忍の中で、彼の言葉が実感されつつあった。

（嬉しい）

嬉しくて、たまらなく嬉しくて、胸が痛い。好きな人に、好きだと言ってもらえる日が来るなんて、夢にも思わなかった。でも、本当はずっとずっと希《のぞ》んでいた。母親に置き去りにされたあの日からずっと。

たとえ実現されなくても、蘇武の嘘でもよかった。こんなふうに言ってくれただけで、このまま死んでもいいくらい嬉しかった。

「俺も……俺も貴晃様が好きです」

「本当に？　他の誰にも、同じことを言ってはいけないよ」

「言いません。貴晃様だけが好きです……！」

忍は思わず、蘇武の胸に縋るように抱きついた。彼の腕が背中にまわり、力強く抱き竦《すく》める。

「私のものになるね」

「はい。俺を貴晃様のものにしてください」

「正式に見世のほうに話をするよ。明日からの出張から帰ったら、すぐに。いいね？」

「……はい」

忍は夢心地で頷いた。

自分の身体のことがちらりと頭を過ぎったが、無理矢理目を瞑ってしまう。

（だって……ほんとにただの風邪かもしれないし）

本当なら、蘇武に打ち明けないわけにはいかないことだった。わかってはいたけれども、口に出せなかった。

（はっきりしてから言うほうがいい。具合が悪いなんて言って変に心配させるより……明

日こそ病院に行って診《み》てもらって……、何でもないって言われたら、それでいいんだし）

でも、もし思っているよりもずっとずっと悪かったりしたら？

「……そのころには、ちょうどあの仕掛けができてくるだろう。別れの宴には、あれを着て出るといい。きっとよく似合うよ。総花をつけて、他にないくらい盛大なのを開いてあげるから」

思わず身を震わせる忍を撫でながら、蘇武は囁く。

「身請けが終わったら、二人でどこかゆっくりできるところに行こうか。そのころには私も休みがとれると思うし、忍は物心ついたころから吉原を出たことがないと言っていただろう？　どこがいい？　……海でも山でも温泉でも、忍の行きたいところに連れて行くよ。高原もいいね。蓼科《たてしな》にうちの別荘があるんだ。四季折々に、景色がとても綺麗なところだけど、私は真っ白な冬の銀世界が一番好きだな。キツネやカモシカも見られるよ……」

蘇武は掻き口説くような優しい声で、未来を語ってくれる。

忍の脳裏に、見たこともない信州の自然が一瞬で広がった。白銀の世界。夜、別荘の雪の階段を上がって遊びにくるキツネたち、遠くに小さく見える雄々《おお》しいカモシカ。

瞼を閉じた途端、また涙が溢れ出した。

蘇武と一緒にここを出て行きたい。でも、何故だかとても怖くて、不安なのはどうしてだろう？

「……どうして泣くの？」

蘇武が覗き込み、聞いてくる。

忍は彼の胸に顔を埋めた。

「しあわせだから……」

たとえ夢が夢に終わるとしても、今だけは彼の胸で瞼を閉じて、しあわせに酔っていたかった。

蘇武は、明日からの出張の準備のために、夜遅く自宅へ帰って行った。

忍はそれから、泊まり客である原の待つ、自分の本部屋へ戻らなければならなかった。廻しをとるときは、一人の客のところに一晩に最低二回は回らなければならないと言われているが、蘇武がいたあいだは、忍は結局彼のところから離れられずにいたから、原はずいぶん怒っているかもしれない。明日には鷹村《たかむら》にも怒られるかもしれない。

忍は大門で蘇武と別れてから、急いで見世に戻った。他の男の相手をするのは辛い仕事だったが、忍の気持ちは今日は明るかった。

部屋の襖の前に膝を突き、声をかけてそっと開ける。

「遅い!!」

忍が視線を上げると、開口一番、原は言った。

「申し訳ございません……」

忍は頭を下げ、そっと襖を閉めて中へ入った。

傍へ座るか座らないかのうちに、引き寄せられる。

「今まで蘇武のところにいたのか。ん？」

「……」

「答えろ！」

強く聞かれ、忍ははいと答える。原は首筋に鼻を押しつけてきた。

「あいつに犯《や》られたあとだと思うと、却ってそそるな。あいつはどうやっておまえを抱くんだ？」

彼は帯に手をかけてきたかと思うと、乱暴に引き剝がした。忍は勢い余って床へ倒れる。

そして両手を突いて起き上がろうとしたときだった。

「……っ……」

ごほ、と咳が零れた。

（またか……）

と、忍は思った。けれど今度のは、今までにない激しさだ。忍は両手で口を覆い、背を震わせて何度も咳き込んだ。呼吸が苦しい。
ふいに、喉の奥から溢れてくるものを感じた。
(何……？)
次の瞬間には、畳にぽたぽたと、真っ赤な鮮血が落ちていた。
(血……⁉)
(どうして)
忍は目を見開いた。信じられなかった。その視界が、次第《しだい》に暗く消えていく。
「忍⁉　どうした⁉」
原の慌てた声を遠く聞きながら、忍は意識を手放していた。

【7】


気がついたとき、忍《しのぶ》は見覚えのない白い部屋にいた。

自分の小さな本部屋とは似てもにつかない、洋風の部屋だった。白塗りの壁、白塗りの床、白いカーテン。リネン類も真っ白で、少しぱりぱりして清潔そうだった。

そして忍自身はベッドの上にいて、腕には点滴の針が刺さっていた。

(病院……？)

昔、見舞いで訪れたことのある病室とは、重そうな扉の感じが違うけれども、確かに病院の中であるようだった。

(どうして……？　昨日はどうしたんだっけ……？)

その扉が外から開けられたのは、忍が記憶をたぐりかけていたそのときだった。

入ってきたのは、原《はら》だった。傍に鷹村《たかむら》もついていたが、原が二言《ふたこと》、三言《みこと》何か言い、帰してしまった。どうして彼を帰すのだろうか。忍は不思議だった。

原は白衣に身を包み、大きなマスクを被《かぶ》っていた。

「気がついたのか」

彼は扉を閉め、中へ入ってきた。

「具合はどうだ」

「……大丈夫です……」

答える声が掠《かす》れる。起き上がろうとしたが、原に制された。そうでなくても、簡単には起き上がれなかったかもしれない。

「俺の部屋で倒れたのは覚えているか」

「はい……」

(確か……血を吐いて)

忍は弱く頷く。

「あのままこの病院へ運び込んで、入院させたんだ。それが三日前の話だ」

「……三日……」

忍は呆然とする。三日も眠っていたということなのだろうか。

忍の胸に、急に強い不安が押し寄せてくる。

重い病気なのだろうか。見世も休んでしまったし、それに入院や治療にかかる費用はどうなっているのだろう。

「俺……何の病気なんですか……」

「結核《けっかく》だそうだ」

「……結核……」

忍は鸚鵡《おうむ》返しにする。

度重なる咳や胸の痛みなどは、それが原因だったのか。

けれどその病気に対する知識が、忍にはあまりなかった。感染《うつ》る病気だということと、昔は遊女や文士などが、それでよく血を吐いて死んだと聞いたことがあるくらいだ。

(でも……確か今は、死ぬような病気じゃなくて、治るはず……多分……)

あやふやな知識を総動員して考える忍に、

「今どき結核なんて、たいしたことはないと思っているんだろう?」

と、原は言った。

「が、決してそんなことはない。多剤耐性《たざいたいせい》結核というのを知っているか」

「……いいえ」

忍は小さく首を振った。

「医学の進歩によってとっくに征服されたはずの昔からある病気が、耐性を強くして復活しているという話を聞いたことがあるだろう。多剤耐性結核というのはそういう、普通の治療薬が全く効かなくなった結核のことだ。不規則な薬の服用の仕方をしたり、治ったと思って完治前に治療をやめたりして薬に耐性ができてしまうと、これになる。いわば人工的な病気のようなものだが、まれに、そういう原因がなくてもかかってしまう者がいるそうだ。今回の場合がそれだよ」

「俺……？」

「そうだ。薬が効かない以上、とても治りにくい」

「……治らないで……死ぬんですか、俺」

「わからない。だが、そうなる確率は高い」

忍は、すっと目の前が暗くなったような気がした。

（死ぬかもしれない）

ぞくりと全身が冷たくなる。あまり生に執着のあるほうではないと思っていたけれど、現実に死ぬかもしれないことを突きつけられると、たまらなく怖かった。

（死ぬ）

シーツを握り締める忍に、原は続けた。

「だがこれも何かの縁だ。俺が身請けして、おまえの面倒を見てやることにした」

「え……!?」

忍は思わず声をあげた。

「その約束で、この病院の入院費や治療費も、全部俺が出した。もう身請け金も払ってある」

「――……」

忍は愕然《がくぜん》とした。

眠ったままだったとはいえ、身請けされる本人である忍に何もことわりなく、そんな話が進んでいたなんて。

驚いて言葉もなかった。

原が追い打ちをかけてくる。

「感謝して欲しいものだな。俺が金を出してやらなければ、おまえは今ごろ死んでいたかもしれないんだ。一昔前なら、国が何とかしてくれたかもしれない病気だが、見世は見込みのない妓には一円も使わないことは、わかっているだろう」

「……でも……」

原が入院費を払ってくれたらしいことは、ありがたいと思う。だが、身請けのことは別だった。

忍には蘇武《そうぶ》がいる。蘇武が身請けすると言ってくれたのだ。

(それなのに、他の人のものになるなんて)

忍はそろそろと上体を起こそうとした。けれど長く眠っていたせいか、身体中が痛く、眩暈がして、ベッドに突いた手を離すことができない。

「……病院に入れてくださって、ありがとうございました」

そのままの姿勢で、原に向かって頭を下げる。

「でも、俺は……原様にこれ以上お世話になるわけにはいきません……」

「何故だ」

忍は、蘇武のことを答えようとして、躊躇《ちゅうちょ》した。正式に話が通ってもいない、二人だけの口約束を原に話したりして、蘇武の迷惑になりはしないだろうか。

だが、原は言った。

「蘇武のことか。奴と身請けの約束でもあるのか？」

彼が察していたことに、忍は驚く。

彼は嘲笑《あざわら》うように続けた。

「信じたのか、寝間での戯《ざ》れ言《ごと》を。廓育ちのくせに、初心《うぶ》な奴だ」

彼の言葉は、忍の心の小さな隙間に入り込み、ぐりぐりと抉る。蘇武を信じているつもりなのに、そんな一言に動揺する。忍はそんな弱気を振り払った。

「貴晃《たかあき》様は、嘘をつくような人じゃありません……」

「嘘ではないさ」

原は失笑した。

「戯れ言だ。褥の中で色子に何を言っても、それが嘘になるのか？　本気にするほうが野暮というものだろう。身請け話ならなおさら……見世に正式に話が通る前に、信じる色子があるものか」

「……でも、貴晃様は……っ」

「今まで間夫《まぶ》にそう約束されて、裏切られなかった妓がどれほどいる？」

原の言うことは真実だった。いずれ身請けするからと言ってしない客など、ごまんといる。間夫だと思っていた相手に欺《だま》されて泣く妓を、これまで何十人見てきただろう。そういう世界に、忍はずっと生きてきたのだ。

（でも、貴晃様は違う）

――忍のことが好きだ
そう言ってくれた。忍のような、取り立てて美しくも床上手でもない妓を選んでくれた。他にいくらでも綺麗な妓がいるのに。

（綺麗な妓が）

そう思うと、また胸がつまった。

だって、どの妓もきっと、自分の相手だけは他の男とは違うと信じていたはずなのだ。

「おまえは蘇武と知り合って何ヶ月になる？　俺はあいつとはずいぶん長いつきあいになるんだ。昔から帝国銀行は蘇武グループと取引があったからな。子供のころから、毎年のように軽井沢《かるいざわ》や蓼科の別荘で顔を合わせていたんだ。おまえより俺のほうが、あいつのこともあいつの家のこともよく知っている。……おまえはそもそも、色子を身請けするなんて話を、蘇武家が許すとでも思っているのか？」

「……でも貴晃様は、わかってもらえるって……」

震える声で言う忍に、原はまた笑う。

「あいつは蘇武家の一人息子で、跡取りなんだぞ。それが独り身の若い身空《みそら》で色子を身請けするなんて、どんな醜聞《しゅうぶん》になるか。それにどうやら、今はとてもいい縁談も動いているようだしな。こんなことが先方に知れて破談にでもなったら、どうするっていうんだ？」

「縁談……!?」

忍は大きな声をあげ、また咳き込んだ。枕《まくら》に伏せて苦しさをやりすごそうとする。胸に思いきり拳を叩き込まれたような衝撃だった。

そしてようやく咳が納まり、そろそろと顔を上げる忍に、原はまたたたみかけた。

「嘘だと思うなら、あとで蘇武の縁談について鷹村にでも聞いてみるがいい。……まあ、どのみちいつかは娶《めと》るはずのものだったんだ。具体的な話が出たからといって、今さら驚くようなことでもないと思うが」

確かに、原の言うとおりだった。

蘇武が跡取りで、いつかは結婚して子供をつくらなければならない身だということはわかっていた。そのとき自分がどうなるのかということも、まるで考えなかったわけではなかった。

それでも忍は、衝撃を受けずにはいられなかった。

「それに縁談のこともだが……」

原は再び口を開く。

「蘇武がもし本気だったとしても、おまえはその身体で、本当に奴に身請けしてもらうつもりなのか？」

「え……」

「絶対に治らないと決まったわけではないとはいえ、治療には時間も金もかかる。そのうえ醜聞を恐れず、良縁を破談にして、大金をかけて買い受けても、すぐに死ぬかもしれない妓なのに」

「――…………」

忍は、返す言葉が、何も出てこなかった。

忍がもしすぐに死んだりしたら、蘇武に丸損させてしまうということは、自分でも以前考えたことだったたからだ。

「おまえは自分の、残りほんのわずかかもしれない命のために、蘇武にそれだけの犠牲《ぎせい》を払わせるつもりなのか？　――よく考えろ。今のおまえは、蘇武にとって、ただ迷惑になるだけの存在なんだよ」

（迷惑なだけ……）

心臓をぎりぎりと抉られるようだった。原の言葉を否定したかったけれど、できなかった。病気のことがなくてさえ、こんな自分を蘇武が引き受けてくれることが不思議でならなかったくらいなのだ。

今の自分は、本当に何一つ蘇武の役に立てない、迷惑なだけの存在。

「……でも……それじゃあ、原様はどうして俺を買ってくださるのですか……？」

蘇武にとって迷惑なだけなら、原にとってもそうではないのか。

「俺は蘇武と違って三男だからな——それに」

と、原は言った。

「おまえが死ぬなら、死ぬところを見てみたいからだよ」

彼の答えは、忍には思いもよらないものだった。理解できず、眉を寄せる忍に、彼は続ける。

「苦しんでいる姿にもそそられる。おまえが病《や》み衰《おとろ》えて、弱々しく俺に縋ってくるのかと思うとわくわくする。好きな妓のそんな姿が見られるなんて滅多にない機会だろう？　そのために、おまえを囲いたい」

その言葉に、忍は背筋が冷たくなった。

最初からひどい抱き方をする男ではあった。どこか普通でないものを感じていたかもしれない。でも、だからといって、こんな答えは欠片《かけら》も予想してはいなかった。

（こんな人だったっけ……？）

「……」

忍は喋ろうとして上手くできず、唾《つば》を飲み込んだ。

「……じゃあ、俺が治ったらどうするんですか？　……治るかもしれないんでしょう？」

原は、忍が死ぬかどうかは「わからない」と言ったのだ。それとも、わざと死なせるつもりなのだろうか？　だったら、いっそそのほうがましな気がした。

「それならそれで、しかたがない」

けれど原はそう言った。

「おまえのことは気に入っているし、飽《あ》きて棄《す》てるか、囲い続けるかはそのとき決める」

「……」

原の答えは、忍の理解を超えていた。忍なら人の死ぬところなど見たくないし、好きな人が死にそうだったら、なんとかしてたすけたいと思う。普通の人間ならそう思うはずだった。

けれどこの男の目的がそれなら、忍がたとえすぐに死んだとしても、何も申し訳なく思う必要はないのだ。

（……貴晃様）

忍は胸に彼の名前を呟いた。

彼のことが死ぬほど愛しかった。彼の傍にいたかった。でも、自分が傍にいることは、彼のためにならない。ただ、彼の迷惑にしかならない。

そう思うと、じわりと涙が溢れてきた。

彼にしあわせになって欲しかった。他でもない自分自身が彼の邪魔をするなんて、絶対に嫌だった。

項垂《うなだ》れる忍を一瞥《いちべつ》し、原は病室の重い扉を開けた。

その外側には鷹村が立っていた。彼はずっとそこで待っていたのだろうか？

原は鷹村を部屋へ招き入れたかと思うと、忍に言った。

「今さらだが……おまえの気持ちを確認させてやれ。——俺のものになる、と」

鷹村は問いかけてくる。

「——いいんですね？」

忍は顔を上げた。

「……はい……」

忍は頷く。そして決意をこめて口にした。

「原様のところへ参ります」

その日から、忍は白い病室で過ごすことになった。

医師や看護師を除けば、顔を合わせるのは原だけだった。彼はときどき忍の病室を訪れたが、他に見舞客はなかった。

彼の意図ややり方はどうあれ、原は自分を引き受けてくれた男だ。大金をかけ、それなりに気遣い、よくしてもくれる。その意味では感謝していたし、もし退院できたら、きちんと尽くさなければと思ってはいた。

(好きにならなきゃ……な)

けれどいくらそう言い聞かせても、彼に感謝は感じられても、蘇武に対するような思いはどうしても抱くことができなかった。

(貴晃様のことは、もう忘れなきゃいけないのに)

忍は一生懸命原に気持ちを向けようとする。

努力しなければならないということ自体が原には不満なようだったが、忍自身にもどうすることもできなかった。

そうしたある日の深夜、眠れずに何度も寝返りと咳を繰り返していた忍は、窓を叩く小さな音に気づき、瞼を開けた。

（……？）

気のせいかと思ったが、音は止まらない。

忍はそろりと寝台から脚を降ろした。少しよろめき、ベッドの柵に摑まりながら窓に近づく。白いカーテンをそっと引き開ける。

そして息を飲んだ。

「貴晃様……」

忍は思わず呟いた。忍は心臓が潰《つぶ》れそうなほど痛くなった。姿を見ただけで涙ぐみそうになるのを、必死で堪える。

「忍、開けてくれ」

窓のすぐ外に、蘇武がいた。窓越しに、彼の声が小さく聞こえる。

忍は首を振った。ここは隔離《かくり》病棟なのだ。マスクをすれば普通に面会できるくらい感染力は弱いとはいえ、彼を危険な目にはあわせたくなかった。

「開けなさい!!　話がしたいんだ」

「いけません」

忍は首を振った。

けれどそうしながら、蘇武が来てくれたことが、嬉しくてならなかった。もう二度と逢うことはできないと思っていたのに、彼は訪ねてきてくれた。

(本気だったんだ……)

ここへ来るということは、病気のことも知っているのだろう。それなのに見捨てないでいてくれるくらい、本気だったのだ。

(閨《ねや》の戯れ言なんかじゃなかった)

好きだと言ってくれた気持ちも、身請けのことも、嘘なんかじゃなかった。

蘇武を信じていなかったわけではないけれど、忍の胸は喜びで溢れそうになる。

そして、だからこそよけいに、彼のために身を引かなければならないと思う。忍のことを、本当に大切に思ってくれた彼のために。

——今のおまえは、蘇武にとって、ただ迷惑になるだけの存在なんだよ

原の言葉が耳に蘇った。

「忍っ……」

「お帰りください……！　あなたのような方の来るところじゃありません……！」

「忍……‼」

声が聞こえたのかどうかわからないが、言いたいことはわかったのだろう。彼は大きな声で忍を呼び、硝子《ガラス》を拳で叩いた。

忍は何度も首を振った。

そのときふいに視界から蘇武の姿が消えた。忍はほっとしたような、寂しいような脱力を覚える。

けれどそれは一瞬のことだった。蘇武はどこからか鉄製の梯子《はしご》を持ち出してきたのだった。

「どいていろ」

忍は蘇武らしくない彼の振る舞いに驚かずにはいられなかった。あんなものを叩きつけられたら、確実に窓は割れてしまう。そして大騒ぎになるだろう。蘇武は不法侵入で捕まるかもしれない。そんなことにさせるわけにはいかなかった。

忍は慌てて鍵に手をかけた。一瞬躊躇い、思いきって外す。

待ちかねたように蘇武が外から窓を開けた。

「忍……」

蘇武はほっとしたように息を吐いた。

「入れてくれないか」

「いけませんっ。入ってきたら人を呼びます」

忍は慌てて、枕許から伸びている看護師を呼ぶボタンに手を伸ばした。忍と接するだけでも危ないのに、中に二人で閉じこもったりしたらいけないと思う。あれだけ一緒の夜を過ごしてきて、今さら無駄なのかもしれないけれど、これ以上彼を危険な目にあわせたくなかった。

「……わかった。入らない」

蘇武はそう言い、自分のコートを脱いだかと思うと、窓越しにふわりと忍の肩に羽織らせた。

「寒い思いをさせてすまないね」

こんなときでさえ気遣ってくれる蘇武に、忍は胸がいっぱいになる。

「いけません、貴晃様が凍《こご》えます……」

コートを脱ごうとしたが、蘇武は制した。

「頼むから着ていてくれ。忍が寒い思いをしているほうがたまらない。お願いだ」

懇願するように言われ、忍はそれ以上強く拒むことができなかった。コートは、彼の体温を伝えて、涙が出るほど温かい。

「……今日、出張から帰ってきたんだ。その足で身請けの話をしに、妓楼主《ぎろうしゅ》のところに行った」

蘇武は話しはじめた。

「そうしたら、忍はもう、原に請け出されたあとだと言われた」

裏切りを指摘されるようで、忍はひどく辛かった。

（ごめんなさい。貴晃様）

胸の中で、忍はできるだけ深く頭を下げる。

事情はどうあれ、蘇武から見れば忍が裏切ったことに違いはないだろう。できることなら、すべてを説明したかった。けれど決してそうするわけにはいかない。

「……どうしてここがわかったんです」

忍は窓の下に立つ彼を見下ろし、白い浴衣の袖口で唇を覆って尋ねた。

「見世の妓に聞いた。見世から直接来たら、近親者以外面会謝絶だと言われた。だから看護師を買収して、おまえの病状と部屋の場所を聞き出したんだ」

そしてどこからか忍び込んだということなのだろう。彼のようにきちんとした育ちの男にそんなことまでさせてしまったのかと思うと、忍は更に申し訳なかった。

「……本当なのか？」

と、蘇武は聞いてくる。

「本当です」

「どうしてなんだ⁉」

彼は声を荒げ、忍の両腕を掴んできた。

「どうしてこんなことになったのか、理由を聞かせてくれないか？　私のものになる約束だっただろう？」

問いつめられ、忍はたまらなくなる。

（そうなれたら、どんなによかったか）

言葉に詰まり、目を伏せる。

蘇武は忍の手を包み込むように握り、覗き込んでくる。

「……放してください」

「放さないよ。納得できる理由を聞くまでは。……病気になったからか？　そのことと関係あるのか。おまえがどんな病気でも私は」

「違います……！」

見捨てない、と言ってくれるつもりだったのかもしれない彼の言葉を、忍は遮った。そして彼が自分を諦めてくれるような理由を、一生懸命考える。

「……俺なんか……貴晃様にはふさわしくありません」

「どうしてまたそんなことを言う？　そんなことは私が決めると言っただろう」

「貴晃様は蘇武様の跡取りでしょう。まだお若いのに、色子なんか囲ってはいけません。評判にも関わるし、これからお嫁さんだって娶られるんでしょう？」

そう口にした途端、押しつぶされるように胸が痛んだ。

蘇武のしあわせを邪魔したくないから、身を引くつもりだった。それは嘘ではないけれど、他の人としあわせになる彼を、自分が見たくなかった。そんな思いが、心の底に押し殺されて沈んでいたことに、忍は気づいた。

他の人と一緒になる貴晃。ともに生涯を過ごす貴晃。忍は彼が一番好きなのに、彼にとっての忍は、二番目でしかなくなる。

こんな取るに足りない身の上なのに、どうしてもそれは嫌なのだ。それくらいなら、彼に求められているうちに、自分から去りたいと思うくらいに。

自分の高望み、欲望の浅ましさに気づいて、忍は泣きたくなる。

「縁談のことを聞いたのか」

と、蘇武は言った。

「……知りません」

「あれはただまわりが勝手に言っているだけだ。私には受けるつもりなどない」

「俺には関係ありません。……俺は原様に囲われて、しあわせになります。だから貴晃様は縁談のお相手と」

声がつまる。震えないように気をつけて、忍は続けた。

「……しあわせになってください。俺に遠慮する必要なんてありません」

「忍……」

「嫌いなんです……!!」

何か言おうとする彼を、忍は遮った。早く話を終わらせなければいけない。こんなお芝居を、自分が長く続けることができるとは思えなかった。

「え……？」

「貴晃様のことが、嫌いなんです。……お客様としてはよくしてくださるし、大切な……大切な方でしたけれど、本当はずっと嫌いでした」

「嘘だ」

「本当です」

一言、口にするたびに胸が痛む。けれど最後まで泣かずに言わなければならなかった。

「……好かれているとでもお思いだったのですか？　娼婦の手管を本気にするなんて、遊び慣れているくせに初心《うぶ》な方……。それが仕事だと、何度も申し上げたのに」

「嘘だ……!!」

ここまでひどい言葉を投げつけても、蘇武は納得しなかった。

「私のことを好きだと言っただろう」

「誰にでも言います。仕事ですから」

「嘘だな」

「どうして貴晃様にわかるんです!?」

忍はつい声を荒げた。

「わかるよ。それに、忍は他の男では感じないだろう？」

「なっ……」

いきなり夜のことを持ち出されて、忍はかぁっと真っ赤になった。このころではだいぶ花開きつつあったとはいえ、蘇武と出会う前は、ほとんど感じたことがなかった。そんなことを、何故彼が知っているのか。

「私の腕の中で、いつも身も世もないくらい乱れているだろう。演技じゃないことはわかってるんだ。好きじゃなければあんなふうには——」

「やめてください!!」

そんなことを口にするのは、とても蘇武らしくなかった。それだけ余裕を失っているのだろうか。

（俺のために）

そう思うと忍は申し訳なさとともに、深く暗い喜びも感じてしまう。

「……下品なことをおっしゃらないでください。さすがに遊び慣れていらっしゃる方だけあってお上手でしたけど……だからといって、好きということにはなりません。むしろしつこくて、お相手をするのは嫌でした」

「原の方がいいっていうのか？　あんなひどい目にあっていたのに？」

「……原様は……ひどいことをなさるようですけど、ああいうことは、俺は本当は嫌いじゃないんです。……初めて貴晃様にお会いしたときにも、この手首に縛られた跡があったでしょう？」

あのとき、傷を見て貴晃が同情してくれたことも、ほんとは嬉しかった。だけど。

「俺がお客様にお願いしたんです。縛ってくださいって」

「嘘だ」

「本当です。原様に抱かれたあと貴晃様のところへ行ったことがあったでしょう？　あのときだって……」

原に薬を使われたときのことだ。

「……どんなに感じていたか、ご存じでしょうに……」

忍は彼から目を逸らさずにはいられなかった。

「……俺は原様のことが好きです。病気の面倒も看てくださって、とてもいい方です。……少しでも俺のしあわせを考えてくださるなら、もう野暮なことは言わずに、このまま放っておいてください。――俺のしあわせに、貴晃様は邪魔なんです」

「忍……」

一瞬、蘇武の手が緩む。

忍はその隙に、彼の手から逃げ出した。後ずさり、コートを脱いで突き返す。

「……さようなら。貴晃様」

「忍……!!」

そして思いきり窓を閉めた。鍵をかけてカーテンを引く。

「忍っ、開けてくれ!!　忍……!」

(貴晃様……)

彼はまだ、忍の名を呼んでくれる。

その声を聞きながら、忍はずるずると床へ崩れ落ちた。

(貴晃様……ごめんなさい)

これでもう、二度と彼に逢うことはできない。顔を見ることもきっとない。彼は、忍のことを許してはくれないだろう。

堪えてきた涙が溢れ出す。

「……っ……かあきさま……」

忍は外の彼に聞こえないように声を殺し、いつまでも泣き続けた。

【8】

忍《しのぶ》はうとうとと夢の中を彷徨《さまよ》っていた。

夢は蘇武《そうぶ》の夢だった。彼は夢でもいつも優しいが、抱いてくれることもあれば、他の人とどこかへ消えてしまうこともあった。

弱っているせいか、このころの忍は、毎日を半分眠ったように過ごすことが多かった。入院してしばらくが過ぎたが、忍の病状はあまり好転してはいない。そのために手術も受けたが、予後もあまりよくはなかった。

「……んでしまうんじゃないだろうな？……」

遠くで誰かの声がした。

（誰……？　原様……？）

ふと浮上してきた意識で、忍は思いを廻らせる。

「……出来るだけのことはしていますが……」

相手をしている男の方にも、聞き覚えがあった。でも思い出せなくて、すぐに考えることを諦めてしまう。また夢の狭間《はざま》を漂いながら、聞くとはなしに二人の会話を聞いている。

「だが治らないじゃないか……！」

原が声を荒げた。

「……治らないのは、気力の問題もあるでしょう。……それにこの患者はもともと、あまり丈夫ではないようだし……」

その言葉を聞いて、原は舌打ちした。

何を苛《いら》ついているのか、忍は不思議だった。

（変なの……）

忍が死ぬところが見たいと言い、窶《やつ》れた姿を見るのが好きだと言った彼なのに、治らないと言って怒るのか。

（どうして？）

今の忍の状態は、彼にとって満足なものではないのだろうか。

ぱたんと扉が閉まる音がした。

再び眠りに引きずり込まれそうになった忍は、頬を軽くぴたぴたと叩かれて瞼を開けた。

瞬《まばた》きをして、視界に入ってきたのは原の顔だった。何を期待していたわけでもなかったが、忍は落胆を感じた。

近親者以外面会謝絶である以上、他の誰が来てくれるわけもなかった。身寄りのない忍の近親者とは、この場合、忍の身許引受人である原のみをさすのだ。

見世の者も誰も見舞ってくれないのは、面会謝絶のせいなのだろう。けれどそうは思うものの、自分が見捨てられた証拠のようで切なかった。そしてまた、誰にも会えないほど悪くなっているのかと思えば、気持ちはいっそう暗く沈んだ。

「本当におまえは嬉しそうな顔一つしないな」

「すみません……」

彼の見舞いを心から嬉しいと思えない自分が心苦しく、忍は謝る。

原はそんな忍に苛立ったように吐息をついた。

「蘇武に会いたいか」

蘇武、という名前に、忍はびくりと反応してしまう。

逢いたくないわけがなかった。けれどあんなひどい言葉をぶつけておいて、二度と逢えるわけがない。そして多分、逢わないほうがいい。

原は冷ややかな目で反射的に顔を上げた忍の顎を捉え、強く締めつける。

「そんなにあいつが好きか？」

「……」

忍は答えられず、目を逸らす。

「だが、おまえはもう俺のものになったんだ。あいつを思っても、どうにもならない」

「わかっています……」

聞きたくなくて、忍は遮るように言った。

「……おまえは誰のものだ」

「原様のものです……」

「それがわかっているなら、俺を好きだと言ってみろ」

忍は唇を開きかけ、口ごもる。

原は更に促してきた。

「言えと言っているんだ……！」

答えなければ、と忍は思う。でも、どうしてもそれを口にするのは嫌だった。かわりに、感謝していますと伝えようとして、却って申し訳なくて言えなくなる。原が求めている答えは、そんなものではないのだろう。

原はまた舌打ちをし、突き放すように忍から手を離した。そして部屋を出て行く。大きな音を立てて、扉が閉ざされた。

彼が出て行くと、忍は吐息をついてベッドに沈んだ。

（怒らせてしまった……）

原の望む言葉を言えないことに、忍は心の中で彼に詫びた。こんなによくしてもらってとても感謝しているのに、それ以上の気持ちを彼に持つことができない。

（原様を好きになれたらいいのに……）

そう思って、忍は涙ぐむ。こほこほとまた咳が零れた。ひどく身体が怠《だる》くて、体力が落ちているせいか、暖房が効いているのにぞくぞくとずっと寒気がしている。

（本当に、このまま、死ぬのかも）

でももう、それでもいいような気もした。死ねばこれ以上原を失望させることもないし、彼に抱かれなくてもいい。

見世でお客がつかなくて、いつもお腹が空いて、周囲に哀れまれていたころにくらべれば、病気とはいえずいぶんいい暮らしをさせてもらっていると思う。それなのに、忍の心には少しも明かりが射さなかった。前向きになろうという気さえしない。以前はいろいろ辛くても、頑張ろうという気持ちだけは持っていた。頑張って、お客さんに喜んでもらおうと、あまりぱっとしないなりに努めてきたと思うのに。

（だって……治ったとしても、貴晃《たかあき》様にはもう逢えない）

今なら、好きな男に身請けすると言ってもらった思い出を抱いて、一番しあわせな気持ちで死んでいけるのかもしれないと思う。

とろとろと熱に浮かされながら眠りの狭間を彷徨えば、胸に浮かぶのは蘇武のことばかりだった。

（貴晃様……）

——おまえを身請けしようと思う
そう言ってくれた蘇武の声を、何度も何度も思い出した。
——もう、おまえを他の男に抱かせたくないんだ
——忍といると和む。別れるとまた逢いたくなって、しばらく逢わないと、おまえの寂しそうな顔が頭にちらつく
——忍のことが好きだ
じわりとまた涙が浮かんでくる。
（貴晃様）
（俺も貴晃様が好きです）
——本当に？　他の誰にも、同じことを言ってはいけないよ
（言いません。貴晃様だけが好きです）
——私のものになるね？
——身請けが終わったら、二人でどこかゆっくりできるところに旅行に行こうか。……忍の行きたいところにどこでも連れて行くよ……
一番しあわせだったあの日の思い出を、忍は何度も何度も噛み締める。
夢と現を行き来している。

「……忍……忍」

そして囁きかける優しい声に瞼を開けると、目の前に恋しい男の姿があった。

いつもの夢だった。

「貴晃様……」

貴晃の顔を見上げて、忍は微笑んだ。手を伸ばし、ぎゅっと抱き締める。見世で逢っていたときはなかなかこんなことはできなかったけれど、夢に出てきてくれた彼にならいくらでも甘えることができた。

「忍……」

彼の大きな手が、忍の背を抱き返してくれる。

「逢いたかった」

「俺も……お逢いしたかった……」

「具合はどう？　気分は悪くない？」

「今は平気です」

夢の中だから、苦しいわけがなかった。

「少し痩せたね。ちゃんと食べてる？」

忍は苦笑した。

「栄養をつけないと、よくならないだろう？」

「もう、治らなくてもいいんです」

このまま二度と蘇武に逢えないままで、他の男に囲われて暮らすくらいだったら、死んだ方がましだった。

「何を言ってるんだ……!!」

けれど夢なのに、蘇武は忍を叱った。

「そんなことは二度と言ってはだめだ」

「……でも、貴晃様……」

（貴晃様に逢えないのに）

生きていろと彼は言うんだろうか？

蘇武は大きな手で、そっと忍の頬を包み込んでくる。

「いいか、忍」

そして忍の目をじっと見つめた。

「おまえは決して、簡単に死んだりする病気じゃないんだよ。原が言ったことは嘘とまでは言えないが、本当でもない。死ぬ人も確かにいるが、治る人の方がずっと多いんだ。

――忍、おまえは死んだりはしないよ」

「……っ……」

その言葉を聞いた途端、何故だか忍の目から、ふいに涙が溢れた。

「……かあきさま……」

何もかも諦めて、もういつ死んでもいいつもりだったけれど、心の底では本当はやっぱり、死にたくなんてなかったのだろうか？

蘇武は優しい声で続けた。

「生きてさえいたら、またいくらでも逢える。だから、早く元気になってくれ」

（生きていたら……逢える？）

そんなことがありうるのだろうかと忍は思う。蘇武は会ってくれるのだろうか。それに生きて病院を出られたとしても、忍は原の囲い者になるだけなのに？

（ああ……でも）

そのとき忍はふと、一つの可能性を思いつく。

（そうか……貴晃様と原様は知り合いだから……）

昔からよく別荘地で顔を合わせていたと言っていた。

原に囲われていれば、何かの折に、蘇武にも逢えることがあるかもしれない……？　いくらでもは大袈裟としても、一度や二度は機会があるかもしれない。

その考えに至ったとき、忍は小さな光を見つけたような気がした。これからも生きていくための、小さな光を。

「貴晃様……」

「ん？」

「……大好き」

「私もだよ。忍が好きだ。愛しているよ」

忍の拙《つたな》い告白に、彼は答えてくれた。顔を包み込んだまま、親指で頬を撫で、涙を拭ってくれる。

「きっと迎えに来るよ。だから早く元気になりなさい」

忍は彼の手に自分の手を添え、頷いた。彼は指切りをするように指を絡めてくれた。それからその手を布団の中にそっとしまってくれる。

「さあ、疲れるから、もう眠った方がいい」

温かい声でそう言われ、忍は笑った。眠っているのにまた眠れなんて、変なの、と笑う。このおかしさが夢というものなのだろう。それでも言われるまま、目を閉じる。

（そういえば白衣……）

意識が遠くなるのを感じながら、今日の蘇武は白衣を着ていたな、と忍は不思議に思った。今まで夢に出てきた蘇武は、スーツか見世の浴衣姿だったのに。

原がいつもここへ来るときに着ているのと同じ感じのものだった。それはそれで医者みたいで、よく似合っていた。

（どうしてですかって聞いてみればよかったな……）

蘇武は何と答えてくれただろう？

そんなことを思いながら、忍は新しい夢に吸い込まれていった。


忍の病状が少しずつ好転しはじめたのは、そのころからのことだった。

（いつかまた、貴晃様に逢えるかもしれない）

気持ちが前向きになると、身体にも影響が出るものなのかもしれなかった。

そんなある日、忍の病室に花束が届いた。緑の葉のたくさんついた、白くて繊細な花を一抱《ひとかか》え束《たば》にした、とても大きなものだった。

忍はとても驚いて、嬉しかった。

誰からのお見舞いなのか、花を生けてくれた看護師に聞いてみたけれども、贈り主の名前はなかったと言われた。

（誰だろう……綺麗な花）

見世の誰かか、みんなでお金を集めるかして届けてくれたのだろうか。値段も相当なものだと思われた。

美しい花が贈られたのは、それ一度だけではなかった。

花は、それから毎日のように届くようになったのだ。前のものが枯れないうちに来るので、忍の部屋はあっというまに花園のようになった。

白い花と、薄紅の花。それらは数日たつうちには鮮やかな黄色に色を変えたから、忍の部屋には、いつも三色の花が飾られていた。

忍は、日がな一日、その花を眺めて暮らす。

そんな忍を、原は苦い顔で眺めていた。彼が贈ってくれた花ではないようだった。

そして、やがて忍は気づく。

(もしかして、忍冬《すいかずら》の花……?)

忍冬は幼花のときは白か薄紅、のちに黄色く色を変えるので、金銀花とも呼ばれている。

そう教えてくれたのは、蘇武だった。

――繊細で、綺麗な花だよ……

(この花を贈ってくれたのは、貴晃様かもしれない……?)

そんなはずはないのに、思いつくとどきどきした。もし本当にそうだったら、と思わずにはいられなかった。

原に聞けば知っているかもしれない。

けれど忍は、敢えて聞かなかった。

はっきり「違う」と言われるのが怖かった。それなら何も聞かずに、勝手に思っている方がいい。

この花は忍冬で、蘇武が贈ってくれたものかもしれない、と。

#【9】

「支度はできたか」

小さく扉を叩く音がして、原《はら》が顔を覗かせた。

「はい」

と、忍《しのぶ》は答えた。

退院の日だった。

荷物と言っても、入院しているあいだに必要としたものはほとんどないから、小さな鞄《かばん》一つだけだった。あとは、私物を引き取りに見世に寄ることになっていた。

忍は見世から届けてもらった自分の一番おとなしい着物を着て、入院しているあいだにすっかり伸びた髪を背中で緩く結わえていた。吉原を出て行くにあたって、なるべく地味に装《よそお》ったつもりだった。

原は忍に近づき、顎を摑んで、顔を覗き込んできた。

「すっかり元気になったな」

「はい……原様のおかげです。ありがとうございました」

礼を口にする忍に、原はふん、と鼻で笑った。

「あんなに病み窶れていたのに、残念だ」

やはり彼は、忍の病んだ姿だけが好きだったのだろう。いつだったか、まるで死にかけている忍を心配してくれているかのような彼の言葉を聞いた気がしたのは、夢だったのだろう。

入院してからの忍は、夢と現がわからなくなっているところが、少しあった。

「こうなると、何の興味もそそらないな」

原は突き放すように忍の顎から手を放した。

「あとは、好きにしろ」

「えっ……？」

忍は思わずよろめいてベッドの柵に手を突きながら、唐突《とうとつ》に告げられた言葉の意味がわからず、思わず聞き返した。

「おまえを囲う気はなくなったと言ったんだ。元気になったおまえが、こんなにもそそらないものだとは思わなかった」

「原様……」

あまりに突然の言葉に、忍は呆然とした。

原が病んだ忍にしか興味がないにしても、退院当日に棄てられるなどとは、さすがに思いもしていなかった。原が用意してくれる家に囲われなければならないのだとばかり思っていたから、他のことは何も考えてはいなかった。

本気なのだろうか、と一瞬思ったが、彼の表情は冗談を言っているようにはとても見えない。

彼の妾《めかけ》にならずに済むことには、正直ほっとした。けれどこんなふうにいきなり投げ捨てられるのは、やはり忍には衝撃だった。

それに原と離れたら、蘇武《そうぶ》に再び逢うこともできなくなってしまう。

なんと表現したらいいのかさえよくわからない、複雑な思いが忍の胸に渦巻いた。

「——……」

「どうした？」

立ち尽くす忍を、原は一瞥する。

「最初から、俺が棄てたくなったときに棄てる約束だっただろう。おまえはもう、いらなくなったんだ。俺に囲われる必要はない。勝手に生きていけ」

彼はそれ以上何も言わずに忍から離れた。ゆっくりと窓辺へ歩き、忍に背を向けたままたたずむ。とりつく島もない背中だった。

(棄てられたんだ……本当に)

忍はようやくそのことを実感する。

決して彼に囲われたいわけではなかったが、突然独りきりになって、これからもずっと独りで生きていかなければならないのだという心細さが、忍の胸に押し寄せてきた。けれど、このままいくら躊躇《ためら》っていてもしかたがないのだ。ここにはもう、忍の居場所はなくなってしまった。

「……これまで、いろいろとありがとうございました」

忍は、彼が見ていないのを承知で、深く頭を下げた。

彼に買われた身の忍には、棄てられても文句を言う権利はない。むしろ請け出してもらい、病院に入れてもらって、自由の身にしてもらったことに、感謝するべきだった。彼が忍のために、破格によくしてくれたことは真実だった。

「どうかお元気で」

そのとき、彼の肩が、ぴくりと震えた。忍は彼が振り返るような気がした。そしてそれを待った。

けれど彼は決して振り向かなかった。

その背中は、早く行け、と忍を促しているかのように見えた。

忍はもう一度頭を下げた。

数ヶ月を過ごした病室を出て行こうとする。

そしてドアを開けたとき、ふいに原が言った。

「表に、車が待ってる」

「車……？」

忍は振り返り、問い返したが、それ以上答えはなかった。

吐息をついて扉を閉める。

これからはたった独りで、もう欠片の記憶さえも残っていない吉原の外の世界で生きていかなければならない。その恐ろしさと寂しさと、少しの希望を胸に抱きながら、忍は廊《ろう》下《か》を歩いて行った。

見世にいたころは、一本立ちしてやっと一年の、しかもなかなか客もつかないような身の上で、年季が明ける日のことなどあまりにも遠すぎて、ちゃんと考えたこともなかった。外の世界は、遠い遠い蜃気楼《しんきろう》のようなものだった。

でも、これからは、忍は自由だ。

（どうしよう）

今後のことを考えても、何も出てこない。

（見世に戻って……）

また働かせてもらったら、と考えて、忍は首を振った。原に棄てられたのなら、今度こそもう、蘇武以外の男には抱かれたくなかった。

でも、だからといってどうしたらいいのか。

(貴晃様……)

思いあぐねながら、玄関にたどりつく。

そして忍は外へと続く扉を開けた。

その途端、視界を塞ぐように目の前に差し出された白いものに、忍は目を見張った。病室で見慣れた、白い花の大きな花束だった。

「退院おめでとう」

その向こうから、蘇武が顔を覗かせた。

「お帰り、忍」

「……かあきさま……」

忍は目を見開いた。自分の見ているものが信じられなかった。本当に本物の蘇武なのだろうか。

「……うして、ここに……?」

「身請けするって約束しただろう。……約束通り、迎えに来たよ」

「……かあきさま……だって……っ」

声がつまる。じわりと涙ぐんでしまう。

「俺、あんなひどいことを言ったのに」

彼を諦めさせるためとはいえ、嫌いだとか野暮だとか、散々なことを言ったと思うのだ。それなのに、彼は迎えに来てくれたのだろうか。

「忍を諦めきれなかったからだよ」

と、蘇武は言った。

「忍のしあわせのためには、身を引くべきなのかもしれないとも考えたんだ。愛しているなら、相手のしあわせを一番に考えるべきだと……だけどどうしても諦めきれなかった。……いっそ忍を攫って逃げようかとさえ思ったよ。病気の忍を動かすわけにはいかないけど、治るころにまた病院に忍び込んで……とか」

「貴晃様……」

それは犯罪だ。きっと捕まって手が後ろに回ってしまう。蘇武の若様ともあろう人が、逮捕されるようなことになったら。

いつもの穏やかさに似合わない過激なことを考える彼に、忍は驚く。今まで知らなかった、彼の新しい一面だった。

「自分でも、こんなに理性で割り切れない気持ちになるのは初めてで、凄く戸惑った」

と、彼は言った。

「ろくなことは考えなくて、暴走しそうになってたときに、都丸《とまる》が家にやってきた。蜻蛉《かげろう》に伝言を頼まれたと言ってね」

——忍はきっと原の口車に乗せられて、自分が蘇武にとって邪魔な存在だと思い込まされて身を引いただけだ。本当に好きなのは蘇武のはずだから、見捨てないでやってくれ。

それが伝言の内容だった。

気に掛けていてくれた蜻蛉の気持ちに、忍は胸が熱くなる。

「あれで気持ちが決まった」

と、蘇武は笑った。

「忍が私のことが嫌いなら、無理矢理攫ってくる以外に手はないだろう。だけど、忍の気持ちが私にあるのなら、忍は私のものだ。原に返してもらおうと」

「……それで、原様は？」

「納得してくれたよ。最初は渋っていたが、最終的にはね」

「ほんとに？　そんな簡単に？」

「不満？　もっと原に執着して欲しかった？」

「違いますっ」

ただ、原がそんなに簡単に諦めてくれたとは思いにくかっただけだ。忍に対する愛情というわけでなくても、蘇武に対する対抗意識やプライドは、人一倍持っていたような気がするからだ。

蘇武が言うほどあっさりとした話だったのだろうか。蘇武と原のあいだにどんな話し合いがあったのだろう。原が、表に車が待っていると言ったのは、だからだったのだろうか。

忍は、自分が想像するよりずっと蘇武に迷惑がかかっているのではないかと不安になる。

だがそれ以上は、蘇武は笑って教えてくれなかった。

かわりに、彼は忍を引き寄せ、強く抱き締めてくる。

「……っ……」

彼の強い腕の感触を感じた瞬間、涙が溢れ出した。ようやく忍は、蘇武が自分を迎えに来てくれたことを実感しはじめていた。

病室に花を贈り、忍をずっと励《はげ》ましてくれていたのは、やっぱり蘇武だったのだ。あの花はやっぱり忍冬だったのだ。

忍はあんなひどいことを言って彼を裏切ったのに、彼は忍のことをずっと思ってくれていた。

「忍……好きだよ。私と来てくれるね？」

彼の優しい声が降ってくる。

「はい……連れて行ってください、貴晃様と一緒に……」

忍は涙が一杯にたまったままの瞳で、彼を見上げる。彼の顔がゆっくりと近づいてきて、忍の唇を塞いだ。

本当にひさしぶりにふれる蘇武の唇だった。そう思うと、忍は嬉しくてならなかった。

再び温かい彼の腕に抱かれ、接吻《キス》してもらえるなんて思わなかった。まだ信じられないくらいだ。

（でも、夢じゃないんだ）

忍はその首に腕をまわし、彼をぎゅっと抱き締めた。


病院から見世までのほんのわずかの距離を、忍は運転手つきの黒く光る大きな車に乗せられて、大切に運ばれた。

物品の搬入など特別な車両しか吉原の中には入れないはずだったが、この車は退院する娼妓を迎える名目で、特に許可を得た蘇武家の車だという。

（こんなふうに、この人と一緒に見世に戻れることになるなんて……）

忍は夢見心地で、そっと隣の男を見上げる。ついさっきまで独りきりで途方に暮れていたことを思うと、ひどく不思議だった。

そんな忍に、蘇武は優しい瞳で微笑いかけ、手を握ってくれる。

見世につくと、盛大な宴がしつらえられつつあった。

蘇武が原から忍の身を譲り受け、原のときには病気で何もできなかった忍のために張っ

てくれる別れの宴だった。

「身請けするときには総花をつけて、他にないくらい盛大な宴を開いてあげると約束しただろう？」

驚く忍に、蘇武はそう言った。彼の気持ちが嬉しくて、忍はまた泣いてしまいそうになる。

「貴晃様……」

「ほら、泣かないで。……早く支度をしておいで」

奥へ連れていかれ、見世の者たちの手で宴のための装いを整えられた。

戸惑っているうちに風呂に入れられ、髪から顔から身体から磨き込まれる。まだ少し窶《やつ》れの残っていた姿を、艶々《つやつや》につくられる。

そして着物だった。

開かれた襖の向こうに飾られた仕掛けを見て、忍は息を飲んだ。

「綺麗……」

思わず呟く。

薄紅に綺麗に染め上げられた絹に、金糸銀糸で輝くばかりの刺繡が鏤《ちりば》められている。

蘇武につくってもらった仕掛けだった。この着物たちは、もうとっくに仕立て上がって、忍が治って、戻ってくるのを待っていてくれたのだ。

嬉しくて、懐かしくて、胸がつまる。忍はそれに、そっと手をふれた。生きていてよかった、と思う。蘇武がつくってくれたこの美しい着物を着られて、本当によかった。

いつもは一人で着ていた着物を、今日ばかりはたくさんの新造や禿に傅《かしず》かれ、姫君のように美しく着付けられた。

支度が調《ととの》うころに鷹村《たかむら》が呼びに来て、宴の席へと導かれる。

新造を相手に盃を傾けていた蘇武は、贈られた仕掛けを纏った忍を見て嬉しそうに目を見開き、それから優しく微笑んだ。

「綺麗だね。本当によく似合う」

忍は嬉しくて、せっかく堪えていたのに、また堰《せき》を切るように泣いてしまった。

昼日中からはじまった宴は、総花をつけ、芸者や幇間を山ほど呼び、赤飯《せきはん》を配って、盛大に夜まで続いた。

同朋の色子や禿たちや見世の者もやってきて忍にお祝いを言い、とても綺麗だと誉めてくれた。椿《つばき》でさえ、馬子《まご》にも衣装だと言ってくれた。

忍は、自分がそんな晴れがましい場所にいることが、信じられないくらいだった。好きな人に身請けされ、こんなふうに皆に祝われて、華やかに送り出される日が来るなんて、少し前までは考えたこともなかった。

そして、やがてそれもお開きになると、忍は袷の着物に着替え、花降楼を出て行くことになる。

「……今まで、本当にありがとうございました」

見世の格子の前で、忍は深々と頭を下げた。

「しあわせになれよ？」

と言ってくる綺蝶《きちょう》に、忍は涙ぐみながら微笑う。

「はい。しあわせです」

「おめでと。ほんとに若様、落とせたじゃん」

「椿……」

彼もまた見送りに出てくれたことが、忍は嬉しかった。

「なんとなくこうなるような気もしてたけど」

椿はそう言って、胸の合わせから取り出した綺麗な蒔絵《まきえ》の櫛《くし》を、忍に握らせた。

「おまえの勝ちだよ」

「え……？」

勝ち、というのは、前に椿が捨て科白《ぜりふ》に、忍が蘇武を落とせないほうに賭ける、と言ったことについてだろうか。握らされた櫛は、椿がとても気に入っていた高価なものだった。

「いいから」

返そうとする忍の手を、椿は上からぎゅっと握りしめる。

じわりとまた忍は涙が滲むのを感じた。椿にはいろいろと意地悪もされたけど、やっぱり、決して嫌いではなかった。驕慢で美しい、憧れの朋輩だ。そして椿も、忍のことが嫌いだったわけではなかったのだと思う。この櫛はきっと、覚えていて欲しいという椿の気持ちだ。

「椿……」

「ほら、また。泣いたら目が腫れるだろ？　これだからおまえは……」

そう言って袂《たもと》で顔を拭いてくれる椿も、めずらしくじわりと涙ぐんでいた。

忍は何度も頷き、一生懸命泣きやもうとした。

そんな忍に、蜻蛉《かげろう》が美しい縁取《ふちど》りのハンカチを渡してくれる。忍は顔を上げ、変わらない優美な姿を見つめた。

「退院おめでとう。……それから……蘇武様に身請けしてもらえて、よかったな」

「はい。ありがとうございます」

「俺はあんまりいい先輩じゃなくて……すまなかったな。もうちょっと俺がしっかりして、おまえにいろいろ教えてやれてたらって……ずっと気になってたのに」

忍は首を振った。手練手管とか、蜻蛉はわざと教えないわけじゃなく、自分自身もあまり器用には使いこなせないでいるのだということは、忍にもわかっていた。

でも、気に掛けていてくれたのかと思うと嬉しい。

「いろいろ、ありがとうございました。……都丸《とまる》様のことも……」

「あれは……」

蜻蛉が言いかけるのを、綺蝶が遮った。

「さあ、もうこのへんにしたほうがいい。こんなとこに立ってると身体を冷やすだろ」

「綺蝶さん……」

「——元気でな」

「はい。……お世話になりました」

それを潮《しお》に、忍は運転手が扉を開けてくれた車に、蘇武と一緒に乗り込んだ。

別れがたくて窓を開け、顔を出す。

「お元気で……」

見世の皆に見送られ、花降楼をあとにする。車がゆっくりと動き出す。

その途端、思いが胸に迫ってたまらなくなった。一生懸命堪えていた涙が、また一気に溢れ出す。

物心ついたころからずっと暮らしてきた見世を離れていくのだ。

さまざまな思い出が、忍の心を揺さぶった。禿のころからあまりぱっとせず、いいことなどほとんどなかったはずなのに、寂しくてならない。辛いことはいろいろあったけれど、あそこが忍のすべてだったのだ。

窓から顔を出し、見世を振り返る。

見送ってくれる皆に、忍は振り切れるほど手を振った。

綺蝶や蜻蛉や椿たちの顔が小さくなっていく。車は角を曲がって、やがて見世が見えなくなる。

そして仲の町を抜け、吉原大門をくぐり抜けた。

ここから先は、もう苦界ではない。

(ああ……)

涙でぼろぼろになった忍の手を蘇武は握り、唇で涙を吸い取ってくれる。

「寂しい……？」

「……寂しいけど、でも……」

忍は小さくしゃくりあげた。同朋や育ってきた見世から離れるのは寂しいけど——でも。

「これからは、私がいるよ」

「貴晃様……」

また涙が溢れた。

目を閉じて、彼の口づけを受ける。

そしてもう一度振り向いても、大門は見えなくなっていた。

ほとんど生まれて初めて見る外の世界に、怯《おび》えたり興奮したりしているうちに、忍《しのぶ》が連れてこられたのは、吉原から車でさほど遠くない、高い塀《へい》に囲まれた建物の並ぶ静かな住宅街だった。

屋根のある、そびえるような門の前で、車は止まった。

運転手がドアを開けてくれる。

忍が降りようとすると、反対の扉からまわってきた蘇武《そうぶ》が、シートから忍をふわりと横抱きに抱き上げた。

「た……貴晃様《たかあき》……」

驚いて、忍は下ろしてもらおうとするが、貴晃は放してくれなかった。

「今夜は、花嫁と過ごす初夜だからね」

「貴晃様……！」

蘇武の冗談に、忍は真っ赤になる。それを見て、貴晃は笑った。

運転手が門を開けてくれ、蘇武は忍を抱いたままゆっくりと中へ踏み込む。後ろで閉まる音がする。

門のすぐ内側から緩く曲がりながら屋敷まで伸びる敷石の両側には、見覚えのある花が咲いていた。

「忍冬……？」

「そうだよ。忍を迎えるために植えてみたんだ」

そんなことを言ってもらって、忍はまた泣《な》いてしまいそうになる。

蘇武は手を伸ばして白い花を一輪手折《たお》り、忍の髪に挿《さ》した。

「よく似合うね。白無垢《しろむく》のかわりだ」

と、微笑う。

忍はますます真っ赤になってしまった。

玄関の前まで来て、忍は彼の腕の中から、目の前の家を見上げる。和風の、とても大きな屋敷だった。

威容《いよう》に目を見張る忍を抱いたまま、蘇武は中へ入って行った。

広い玄関に磨き込まれた廊下、木もとてもいいものを使っているのだとわかる。通された奥の間は落ち着いた畳の和室で、広縁《ひろえん》から庭園が見えた。

ようやくそこで、忍は座布団の上に下ろされた。

ほっと息をつく。彼が抱いてくれるのは嬉しいが、同時に恥ずかしくて申し訳なくて、心臓がばくばくしてしまうのだ。

忍を座らせておいて、蘇武は酒を用意しに行った。忍は、自分がやると申し出たが、今夜は特別だと蘇武は言った。

一人になった部屋を見回し、じっと待っているうちに、この調和のとれた美しい家には、他に人の気配がまるでしないことに、忍は気づいた。

「あの……ここに住んでいらっしゃるのは……」

戻ってきた蘇武につい口にすると、彼は言った。

「私一人だ。裏に使用人棟があって、さっきの運転手と、家政婦をやってくれてる彼の妻が住んでいるけどね。昔は祖父の家だったのを、亡くなったので貰い受けたんだ。父と義母は本宅に。だから忍も、誰にも気兼ねすることはないよ」

蘇武は平気そうに言うけれども、こんな広いところに、彼は一人きりで暮らしてきたのかと、忍は胸が締めつけられる。

それから、もうずいぶん宴のときに飲んでいたのだけれど、もう少しだけ二人で飲んだ。

「初会のとき、こうして三三九度をしたね」

と、蘇武が言い、懐かしく思い出す。

もう一度同じようにして、一緒に飲み干して笑った。

離れていたあいだのいろいろなことを話した。

まだ疑問がたくさん残る、蘇武が原に代わって身請けしてくれることになった経緯《いきさつ》も聞いた。

忍はいろいろと原に欺《だま》されていたことを初めて知った。

一つめは、最初に忍が病院で目を覚ました時点では、原の身請けの話は見世に通ってはいず、あの日忍が鷹村に原のものになると告げてから、話が動き出したのであること。大見世では、やはり娼妓本人の承諾なしには身請けの話は動かないのだ。原が忍を説得するまで鷹村を病室に入れなかったのは、そのためだった。

二つめは、病気のこと。多剤耐性結核は死ぬこともある病気だが、決してその可能性は高くはない。

いずれも、忍の逃げ場を塞ぐための原の嘘だった。

「何故原様はそんな嘘まで……」

忍は不思議だった。けれど蘇武は黙って忍の頭を撫でただけで、答えを教えてはくれなかった。

そして忍は、いつもの夢だと思っていた白衣の蘇武は、見舞いに来てくれた本人だったことも、このとき知ったのだった。あの夢の中での自分の振るまいを朧気《おぼろげ》ながら思い出し、ひどく恥ずかしかった。

「ずっとお会いしたいって思っていたから夢に出て来てくださったとばかり思って、俺……ごめんなさい」

「いいじゃないか。たまにはああやって甘えてくれると、私は嬉しいよ。勿論いつでもかまわないが」

と、蘇武は笑う。

「じゃあ、あの……縁談のことは」

聞くのがひどく躊躇われたが、聞かないわけにはいかなかった。ずっとに引っかかっていた。ここは蘇武自身の住む家で、妾宅《しょうたく》とは思えないし、縁談が纏《まと》まるようなことがあればどうなるのだろうとも思った。

(その前に、貴晃様を誰かと共有することに、俺は堪えられるんだろうか?)

「あのときも言っただろう?」

と、蘇武は言った。

「縁談なんて、あるといえばいつでもあるようなものだけど、最初から受ける気なんかないよ」

「でも貴晃様は跡取り息子で、俺は奥様になれないのに……」

本当にいいのだろうか、ここで自分なんかが一緒に暮らしても?

「忍」

彼は忍の小さな顔を両手で包み、じっと見つめてきた。

「私は誰かを特別に思うことなど一生できないと思っていた。そういう寂しい一生を送るんだろうと……それでいいと思っていた。でも、忍を好きになった。そのことは、私にとって、凄く大きなことだったんだ」

「貴晃様……」

「三十年近い人生で、今まで忍以外の誰も好きになったことがない。これからもおまえしか愛せないと思う。こんな私に、忍は政略結婚を勧めるつもり？　きっと相手がどんな人でも、冷たい家庭をつくるよ。家庭が冷たいのは……いくら事業が成功しても、それはしあわせじゃない」

「家庭……」

棄て児で、すぐに遊廓に拾われた忍にも、それは味わったことのないものだった。

「俺にはよくわからないけど……」

「忍のいるところが、私の家庭だよ」

そんなふうに言われたら、忍は納得してしまいそうだった。

この広い家の、がらんとした感じ。一生こんな寂しさを彼に味わわせ続けるくらいなら、自分が傍にいる意味はあるんだろうか……？

「私のしあわせのために、忍が必要なんだ」

と、彼は言った。

「そして忍にもしあわせでいて欲しい。そのために私ができることは何でもする」

「貴晃様……」

彼の言葉が嬉しくて、忍はまた泣いてしまう。今日はもう、一生分泣いていると思う。

忍はぎゅっと彼の首に抱きついた。

少しでも彼の慰めになりたいと思う。これからは自分も、この人のために何でもしてあげたい。

傍にいたい。

この大好きな人の傍に。


――忍の好きなことを、何でもしてあげるよ
蘇武にそう囁かれ、忍は、させてください、とお願いしていた。彼が忍を原から取り返し、身請けしてくれたことに、少しでもお返しがしたかった。

「まずは、何をしてくれる？」

顎から唇のラインを撫でられ、忍はつい目を伏せた。技巧には自信がないのだが、男の体をたかめるには、どうしたらいいかは知っている。

蘇武も、それを求めているのだろう。唇を触る指先は、なんとなくとても淫らだ。

「口で……」

震える唇で、忍は呟く。

「そう。私のが欲しい？」

「はい。……あの、一生懸命します……」

忍の唇を撫でていた指先が、離れていく。それを合図にするように、忍は蘇武の下半身へ顔を近づけた。

彼の着衣を乱すとき、指が震えた。唇での彼への愛撫は何度かしたことがあるが、自分から言い出した以上、うんと気持ちよくしないとと思うと、さすがに緊張する。

「ん……っ」

下着の中から引き出した蘇武のものは、まだ柔らかい。忍は喉をこくんと鳴らすと、「失礼します」と呟き、それに唇を寄せた。

まずは先端にキスをする。蘇武のものだと思えば、口づけるのはちっとも嫌じゃない。それどころか愛《いと》おしかった。

両手で大切に蘇武のものを包みこみ、先端へと舌を這わせはじめる。

「……ん……う……ん」

ぺろぺろと、先端から張り出したもの、そしてくびれの形までたどっていく。技巧が拙《つたな》いという自覚はあるから、せめて丁寧《ていねい》に、心をこめて。

「もっと音を立ててごらん。美味しいものを食べるときを思いだしながら」

忍の髪を緩慢《かんまん》な仕草《しぐさ》で撫でながら、蘇武は囁く。

「はい……」

忍は、ちゅっと音を立ててキスしながら、言われたとおりに音を立てようとする。あんがい難しかった。口の中をたっぷり濡らさないといけなくなる。

「…っ、ん……」

意識したせいか、ぴちゃりといやらしい音が漏れはじめた。仔猫がミルクを舐めるみたいに、忍はぴちゃぴちゃと音を立てながら蘇武のものを舐める。美味しい、ご褒美《ほうび》をあたえられているみたいに。

「美味しい？」

囁くように尋ねる声には、僅《わず》かに揶揄《からか》うような調子が混じっていた。

目元を赤く染《そ》めながらも忍は頷く。

「美味しい……」

蘇武の体だと思えば、本当に美味しく感じるから不思議だった。もっと味わいたくて、忍は裏側の筋《すじ》まで一本一本それをたどるように舐め回した。

（……硬くなってきた……）

両手で捧《ささ》げもっていたものが、少しずつ高ぶって、頭を擡《もた》げてきた。舌が、先走りの苦みを捕らえる。

（感じてくれてるんだ……）

忍のつたない愛撫で、蘇武が感じてくれている。それが嬉しくて、嬉しくて仕方がなかった。

「じゃあ、次は咥えてごらん」

「ん……っ」

促されるまま、忍は口を大きく開けると、もはや手で支えなくても十分勃ち上がっている蘇武のものを、思いきって咥える。

（苦しい……）

思わず、目を瞑ってしまう。咽《む》せそうになるが、忍は我慢した。

唇を丸め、歯が性器に当たらないようにしながら、ゆっくりと扱《しご》く。なるべく根本《ねもと》近くまで咥えようとすると、えずきそうになる。目に浮かんだ生理的な涙を堪えながら、忍は一生懸命唇を上下させた。

「そう……いい子だ」

蘇武は、小さく息をついた。

「可愛いよ、忍」

大きなものを頬張《ほおば》っているから、忍はたぶんみっともない顔になっているだろう。けれども、可愛いと言ってもらえるのは嬉しかった。

ちらりと上目遣いになると、彼と視線が合ってしまう。彼がじっと自分を見ていたことに気づき、忍はどきりとした。目を細められ、さらに鼓動が飛び跳ねる。

蘇武は、微かに呼吸が浅くなっているようだった。感じてくれているのだ。

彼が感じてくれている証拠を見つけると、忍はとても嬉しかった。そのことが、忍自身の身体まで熱くする。

蘇武の性器を舐めながら、まだ触られてもいない自分の下肢《かし》にも熱を感じ、忍は狼狽《ろうばい》した。

（どうしよう……）

忍は、思わず腰をもじもじと動かした。自分の体が、物凄く淫らなものになってしまったような気がした。

一度意識すると、どうしてもそこに囚《とら》われてしまう。蘇武の性器をしゃぶりながら、自分の欲望もたかまっていく。抑えられない。

「……っ、う…ん………ふ…くぅ…………」

忍は何度も喉を鳴らした。

「……もういいよ、忍」

ずっと忍の頭を撫でていた手が、ふいに止まる。もしかして、何か気に入らないことでもあったのだろうか？　忍は不安になって視線を上げた。

蘇武は笑っていた。

「さっきから、ずっと腰を揺らしているね。おねだりでもしているのか？」

「あ……」

蘇武の性器を唇からそっと引き抜いた忍は、小さく声を漏らしてしまう。気づかれていたのだ。恥ずかしくてたまらない。

「私のものを舐めて、感じた？」

「あの、俺……」

「感じたんだね？」

優しいが、有無を言わせない蘇武の言葉の調子に、忍は素直に頷くしかない。

「感じました……」

忍は思わず、顔を覆ってしまう。

「……ごめんなさい」

「何を謝る？」

「だって……俺ばっかり、またこんな……」

「私も気持ちよかったよ。大丈夫」

蘇武は濡れた忍の口元を拭いながら、囁く。

「今度は、忍の中で気持ちよくさせてくれないか」

そして彼はそのまま、指を二本、差し出してきた。忍はその意図を悟《さと》って赤くなりながら、おずおずと唇を開く。蘇武の指を咥え、舌を絡ませ、唾液《だえき》で濡らしていく。

「ん、……んっ……ぅん、……」

それはただの準備のはずなのに、いつのまにか忍は夢中になってしゃぶっていた。

「……もう我慢できない？」

ふいに降ってきた彼の声に、忍ははっとした。気がつけば、自分の手で自分の着物の裾《すそ》を割ろうとしていたのだった。

蘇武が指を引き抜く。

「あ……俺……」

これ以上ないくらい、忍は真っ赤になる。

蘇武はそんな忍を白い褥《しとね》に押し倒した。両脚を大きく割り開かせる。ひさしぶりに秘められた場所を見つめられ、忍は激しい羞恥を覚える。それなのに、彼の視線を意識するだけで、先端は蜜を零すのだ。

「なるべく優しくするから、痛かったら言うんだよ」

忍は小さく頷く。

蕾《つぼみ》をそっと広げ、指が潜《もぐ》り込んできた。

「……ア……っあぁ……っ……」

「大丈夫？」

「はい……あっ……」

痛みと違和感と、そして恥ずかしさに身を竦めたのは、ほんの一瞬だった。指が入り口をくぐり抜けた瞬間、忍はほとんど達《い》きそうになっていた。蘇武の一部が自分の中に入ってきたのだと思うだけで、たまらなかった。

指が動き出すと、数ヶ月ぶりに彼の愛撫を受けて、忍は息も絶え絶えなくらい悦《よ》がってしまう。

彼が病み上がりの自分を気遣ってくれるのに、堪えきれずに自分からねだるほどだった。中へ潜る彼の指がたまらなかった。

「……っ、あ……や…あ………っ」

「……辛い？」

耳元で囁かれる。忍は蘇武の肩に顔を埋《うず》め、擦りつけるようにして首を振った。

「あ……っ、はぁ……ん、あぁ……っ」

息も切れ切れになりながら、忍は喘ぎ続けた。抑えられない自分が信じられないくらいだった。中もとろとろになっていて、指だけではすぐに物足りなくなっていく。

「指が好き？」

と、蘇武は囁いてくる。

「それなら、指だけでイってみる？」

「や……っ」

忍は小さく頭を振る。

恥ずかしいというより、蘇武を満足させたかった。自分だけ極めたくなかった。そして何より、蘇武が欲しくてたまらなかった。

「貴晃様も……お願いです」

真っ赤になってねだる忍に、蘇武は一つキスをくれる。そしてきゅうきゅうに食い締めている忍の中から、指を引き抜いた。

「あぁっ……」

今慣らしたばかりの後孔へ、それがあてがわれる。熱い昂ぶりがふれた途端、そこがひくりと開閉するのが自分でもわかった。

そのまま、ゆっくりと侵入してくる。

「……あぅ……っ」

硬い切っ先が潜り込む。予想よりずっと大きくて、忍は思わず息を詰めた。

「……痛い……？」

蘇武が優しく囁く。

「大丈夫……です。……あ……っ」

強く引き寄せられ、忍は思わず声をあげる。そしてめりこむように性器をあてがわれ、大きく背中を反らした。

ひさしぶりの身体にはきついが、割り開かれる強烈な快感に、忍は惑乱《わくらん》する。

「あ……っ、貴晃様、なか来ちゃう、入っちゃう……！」

「入ってほしいんだろう？」

啜《すす》り泣きながら、忍は何度も頷いた。

蘇武の性器が、深い場所まで入りこんでくる。

「あぁっ」

忍は大きく仰《の》け反《ぞ》った。痛いのに、すごくいい。感じて、どうしようもなくなる。

蘇武は突き上げてきた。

「……あ……や……っ、……」

腰を弾ませながら、忍は身を捩《よじ》る。

自分より、蘇武に悦んで欲しいのだが、既にそれどころではなかった。脊髄《せきずい》を貫かれるたび、激しい快楽に翻弄《ほんろう》されるばかりだ。

「あ……っ、や、来る、イっちゃう、あ……ひぁ………」

「いいよ、何度でも達って」

蘇武は涙でぼろぼろになった忍の顔を見下ろしながら、そう言った。

「忍はイくとき、ぎゅっと締めつけてきたよね。とても気持ちがよかった」

「……あ、貴晃様も……ですか？　気持ちいい？　……あ、ぁ……っ」

「いいよ」

うわごとのような忍の言葉に、まだ余裕ありげな表情で、蘇武は答える。

「ほら、もっと締めつけて。ここをぎゅっと……」

「あぁうっ……」

感じやすい部分を突かれて、忍は甲高《かんだか》い声をあげた。思わず縋るように蘇武を見てしまう。蘇武は激しく忍を揺すぶり、更に追いつめる。

「……っ、あ、ああ……！」

気持ちがよすぎて、また何がなんだかわからなくなっていく。

「……イっちゃう……っ」

甘い悲鳴をあげて忍は達し、崩れるように蘇武に凭《もた》れかかった。

（しあわせ……）

彼に抱かれて横たわり、胸を喘がせながら、忍は怖いくらいの幸福感を噛みしめていた。

＊

縁側に月明かりが射している。

さすがに疲れたのか、忍はぐっすりと眠っていた。このぶんでは、蘇武の膝を枕にしていることも、わかってはいないだろう。

彼は、そんな忍の頭をそっと撫でた。

(こんなに可愛いんだから……)

原が手放したがらなかったのも当然だ、などと思う。彼との交渉は、本当は忍に話したほど簡単ではなかったのだ。

彼は最初、がんとして譲らなかった。蘇武が見舞うことも許さなかった。病院を買収して、蘇武ばかりか忍の見舞客は誰も入れないようにさえしてあったのだ。蘇武が逆に買収をかけようとしても、病状を聞いたり、病室を教えてもらうところまでで精一杯だった。しびれを切らし、蘇武はある日、ついに隔離病棟に忍び込む計画を立てた。誘拐はともかく、もう一度忍に会いたかった。具合がよくないらしいと聞けばなおさらだった。

だが、寝過ごして見回り時間に遅刻した職員によって、彼は偶然見つかってしまった。

——そんなに忍に逢いたければ、一度くらい逢わせてやろう

捕まった蘇武に、原は言い、彼に忍を見舞うことを許した。忍が微かに覚えているという、白衣の蘇武はこの日のものだろう。

あとから考えれば原が忍に飽きたと言い出したのは、ちょうどそのころからのことだった。

――当然だ。こっちが大金かけて世話してやってるってのに、ちっとも懐かないんだからな

――だいたいそれほどの美妓でもないうえに病人なのに、何で俺は身請けしようなんて思ったんだろうな？

あまりの言いぐさに、蘇武は思わず彼を渾身《こんしん》の力で殴ってしまったけれども。

――三倍だ

応接室の床に倒れたまま、彼は言った。

――今まで俺が忍にかけた全額の三倍、出せるんだったら、忍を譲ってやる

身請け金、治療費、そして原が忍にかけた花代すべてを合わせた額の三倍だ。相当な金額だった。

けれど最初は蘇武の話に耳も傾けない状態だったことを思えば、非常識な額《がく》を言われようがどうしようが、かまわなかった。蘇武はそれに飛びついた。

だが、今にして思えば、原があの金額を言ってきたのは、蘇武を試そうとしたからではなかったかと思うのだ。それだけ出せるくらい、忍が好きなのか、と。

たとえ口ではどんなことを言っていたとしても、原は原なりに忍を愛していたのではないか。

死ぬところが見たいとか、病み窶れている姿が好きだとか、忍に言ったという。それが

本当だったとしても、日に日に弱っていく忍を見るうちに、死なせたくない気持ちのほうが勝つようになったのではないか。

このままでは死んでしまう。生きる意欲を取り戻させるためには、蘇武の手に戻したほうがいい、と。

原が殴り返さず、蘇武が忍の病室に花を贈ることを認めたことが、その証拠のように彼には思える。

「貴晃様……？」

思いに耽《ふけ》っていた彼は、少し甘えたような小さな声に、はっと我に返った。

忍が瞬《しばた》き、まだ眠そうにしながら、膝から起き上がろうとする。

「まだ寝ていなさい」

彼は上着を脱いで忍の肩にかけ、そっと身体を横たえる。忍はされるがままに、また膝に頭を乗せて目を閉じた。

その耳許に、彼は囁く。

「これからはずっと一緒だよ」

半分眠りに落ちた忍が、しあわせそうに微笑む。

蘇武はその指に指を絡め、瞼にそっと口づけた。

愛《め》で痴《し》れる蜜《みつ》の劣情《れつじょう》

深夜、客を帰したあと、蜻蛉《かげろう》は自分の部屋の窓辺に座っていた。何かそわそわと落ち着かなかった。

（……遅い）

ぼそりと呟《つぶや》く。

そもそもは、綺蝶《きちょう》が部屋で待っていろなんて言うから早仕舞いしたのに、何をやってるんだろう？

（そりゃ、時間を決めてあったわけじゃないけど）

まだ客と一緒なんだろうか？　今日、綺蝶のところに登楼《あが》っていたのは誰だっけ、と蜻蛉は考える。楽しげに客と睦《むつ》んでいる綺蝶の姿が瞼《まぶた》に浮かび、何かひどく不快になった。

（別にそんなことはどうだっていいけど）

そもそも、こんなに落ち着かない気分になることはないのだ。毎日顔を合わせている相手が、ちょっと部屋に来るだけなんだから。何も取って食われるわけじゃなし。

（――食われる？）

ふとそう思って、蜻蛉はぶんぶんと頭を振った。

――頼みがあるんだけど
と、綺蝶が言ったのは、もう数ヶ月も前のことだった。

忍《しのぶ》がまだ身請《みう》けされる前、急に倒れて病院に入れられたころのことだ。

感染《うつ》る可能性があるとかで、見世《みせ》の妓《こ》たちは見舞いに行くことを禁止されていた。蜻蛉や他の親しかった者は、ただ気を揉《も》んでいるしかなかった。おそらく綺蝶もその一人だったはずだ。

——なんか変だと思わねー？　忍が原《はら》に身請けされんの、承知したって話。

——変って？

——なんかこう……上手いこと欺《だま》されて、引き裂かれそうになってんじゃないかと思えてしょーがねーんだよな

綺蝶がそう言うのは、忍はおそらく、同じ客でも原ではなく、蘇武《そうぶ》のことが好きなはずなのに……という意味だろう。

忍は蘇武に恋しているのではないかとは、蜻蛉も思っていた。

だが、廓《くるわ》に沈む娼妓《しょうぎ》には、身請けに憧れる者はとても多い。間夫《まぶ》がいても、他の金持ちの客に身請けされることを選ぶ妓だって多かった。

忍は蘇武が好きでも、原を選んだのかもしれない。それならそれは忍の選択であって、他人が口を出すことではない。客観的に見て、頭取《とうどり》の息子という地位と金のある若い男が、病気の忍を引き受けてくれようという原の身請け話は、決して悪いものではなかった。

——ま、そりゃそうなんだけどさ

と、綺蝶も言った。

――ただ、もしあいつが本当に希《のぞ》んでるわけじゃなくて、好きでもない男のところに貰われていくのかもしれないと思うと、なんか……もうちょっとあいつの人生にも、いいことあってもいいんじゃないかと思えてさ。で……ちょっとお節介《せっかい》を焼いてみようかと

綺蝶の頼みというのは、蜻蛉の客で、蘇武の友人でもある都丸《とまる》に頼んで、忍のことを蘇武に伝えて欲しいということだった。

忍が原に身請けされたのは、何か妙なことを吹き込まれたからじゃないか。たいして感染力が強いわけでもないのに、見世の者が誰も――鷹村《たかむら》さえ見舞いに行けない状態なのも、考えてみればおかしい。忍は蘇武が好きなはずだから、見捨てないでやってくれ、と。

――そのおかげで忍がうまくいってしあわせになったら、かわりに何でも言うこと聞くからさ……

そして忍が元気になって、めでたく蘇武に身請けされていったのが、今日――もう昨日の話だった。

好きな男と一緒になれても生まれ育った見世を離れるのはやはり寂しいのか、涙でぼろぼろになった、けれど内側から溢れ出る喜びで輝くばかりだった忍を送り出したあと、綺蝶は言った。

――今夜遅く、部屋へ行くから、このあいだのこと考えといて

正直、「何でもする」などという口約束は、蜻蛉は忘れていた。信じていなかったとい

うより、そんなことをしてもらう筋合いではないからだ。

忍はもともと蜻蛉の部屋付きの妓だったのだ。忍のしあわせは蜻蛉の希むところでもあったし、そのために蜻蛉が動いたからといって、綺蝶に見返りをもらうのは違うと思う。

ましてや蜻蛉は、忍にも他の部屋付きだった妓たちに対しても、傅《かしず》いてもらうばかりであまりきちんと面倒を見てやっていないという負い目があった。忍のために何かしてやれることがあるなら、綺蝶に言われなくても進んでしたいくらいだったのだ。

(だからそう言おうとしたのに、あいつが全然聞かないから)

結局、こうして部屋で待っていることになってしまって。

(まったく、来たらすぐ追い返してやる)

タン、と背後で小気味のいい音がしたのは、そのときだった。

顔をあげて振り向けば、勢いよく襖《ふすま》を開けて立つ綺蝶がいた。

少し乱れた着物の上に、青紫に銀の仕掛けを羽織《はお》っている。髪は解《ほど》いたままで肩にかかる、どこか傾《かぶ》いた姿だった。

「待たせたな」

綺蝶は言い、背中でぴしゃりと襖を閉めた。

一瞬、目を奪われそうになって、蜻蛉ははっとする。

「——遅い！」

ぷい、と顔を逸《そ》らす。綺蝶は笑った。

「寝ないで待っててくれたんだ？　偉い偉い」

「！　おまえが今夜来るって言ったんだろ……‼」

蜻蛉は思わず大きな声を出す。

「起きて待ってろとは言ってねーよ？　むしろ寝てりゃよかったのに。――もし寝てたら」

綺蝶は言いながら、どさりと傍《そば》に腰を下ろした。

びく、と蜻蛉は思わず身体を引いてしまう。

「ね――寝てたらって」

「いやいや、何でも。……で、考えた？」

綺蝶の目が、楽しげに弧《こ》を描く。蜻蛉はまたふいと明後日《あさって》のほうを向く。

「あれはもういい。……そもそも忍は俺の部屋子なのに、おまえに見返りをもらう筋の話じゃないだろ」

「でも約束だろ？」

「おまえが一方的に言ったんじゃないか。俺だって別に、忍には好きな人と一緒になってしあわせになって欲しいと思ったし……」

何か照れくさくて、蜻蛉はうつむく。

「……だいたい、おまえ何でそんなに忍をかまうんだよ？　自分の部屋付きでもないのに

「……」

「可愛いから」

「可愛い？」

つい、鸚鵡《おうむ》返しにしてしまう。

可愛いとは、どういう意味で言ったのだろう。容姿のことだろうか？　忍は、自分で思っているほど不器量ではないし、今日などは特に本当に可愛らしかった。そういう意味であっても不思議はない。それとも控《ひか》えめで優しい性格のことか。でなければ、気に入って可愛がっている、という意味の「可愛い」か。

何故だかとても気になった。

「ま、他にも理由はあるけど」

「何だよ」

「知りたい？」

「別にっ……」

意味ありげに問われ、蜻蛉は反射的に答えた。

「……ただ、犬猿の仲といわれる俺に『何でもするから』とまで言うほど、自分の部屋の子でもない子が可愛いのかと思って」

「まあねえ……」

綺蝶はまた、ちらりと笑う。

「可愛いよ。嫌いな客に借りをつくっても仕方ないと思うくらいには」

「嫌いな客？　……って、都丸様のことかよ？」

「うん」

蜻蛉は首を傾《かし》げる。嫌いも何も、綺蝶は都丸とろくに顔を合わせたことさえないはずだった。

「……なんで嫌いなんだ？」

「どうしてだと思う？」

蜻蛉はしばらく考えたが、これくらいしか思いつかない。

「……。同族嫌悪？」

「へ……そうなの？」

綺蝶は物凄く驚いた顔をした。何故そんなに驚くのかわからなくて、蜻蛉のほうがびっくりしてしまったほどだった。しかし理由はわからないが、いつも飄《ひょう》々《ひょう》として余裕ありげな綺蝶を、それほどまでに驚かせることができたかと思うと、なんとなく溜飲《りゅういん》が下がるような気がする。

「だって、なんとなく似たとこあるじゃないか。お祭り好きだし、他人を揶揄《からか》うのが好きで……」

「へぇえ……」

だいぶ長いこと目をまるくしていた綺蝶だったが、ようやく落ち着いたらしくいつものにやりとした笑顔になる。けれどなんとなく機嫌がいいのが透けて見えるような気がして、そんなに上機嫌にさせるようなことを言った覚えがないだけに、蜻蛉は居心地《いごこち》が悪かった。

(だいたい、何の話をしてたんだっけ？)

そうだ、忍のことだった、と蜻蛉は思い出し、口にした。

「とにかく、もうこの件はいいから」

「そう？」

「ああ」

「この俺が、何でも言うことときいてやるなんて言うこと、滅多《めった》にあることじゃないぜ？　いーの？　あとで後悔しねえ？」

「う……」

と、言われると、忍のことはそれとして、少し惜《お》しくなる蜻蛉だった。

「だったら、俺はそのほうがいいけど」

「待て、今考えるから」

話をちゃらにしようとする綺蝶を、蜻蛉は引き留める。

(とはいうものの、何を……)

綺蝶とは毎月お職《しょく》争いをする仲だが、お職を譲れと言うのも違うし……ああいうものは譲ってもらってもしかたがないのだ。他には特に欲しいものも、不自由していることもないし……。

(あ、そうだ)

ふと、蜻蛉は思いつく。

別に役に立つようなことをしてもらわなくてもいいのだ。無駄なことでいいから、綺蝶がしたくないようなことを、敢《あ》えてしてもらうというのはどうだろう？　何かとても恥ずかしいことをさせて嘲笑《あざわら》ってやるとか、何かきりきり舞いするようなことをさせて……。

「なあ、煙草《たばこ》ない？」

そのときふいに綺蝶が口を開き、考え込んでいた蜻蛉は、我《われ》に返った。

「煙草？」

「だっておまえが考えてるあいだ、手持ち無沙汰《ぶさた》で」

「そこに煙草盆があるから、勝手にやれ」

蜻蛉は小さく吐息をつき、顎《あご》で示した。

綺蝶は言われたとおりに煙草盆を引き寄せた。一緒に置いてあった煙管《キセル》に刻み煙草を詰め、火をつけて吸い口を咥《くわ》える。

(あ)

窓に頬杖《ほおづえ》をつき、見るともなしに眺めていた蜻蛉は、思わず声を出しそうになった。

(吸い口が)

「ん?」

「いや、何も」

色子《いろこ》の身で、動揺するのも馬鹿馬鹿しいほどのことだった。自分の煙管を使われるくらいのことは。

(とにかく、そんなことはどうでもいいから。何か綺蝶を困らせるようなことを……)

蜻蛉は一生懸命頭を巡らせた。けれどこれというのを思いつかない。というより、考える傍から別のことに、思考がずれていくのだった。

そういえば、昔はこうしてつまらないことをよく話した、とか。毎日髪を梳《す》いてもらった、とか。

変なことばかり思い出して、それが思考を邪魔する。

(思い出したくないのに)

振り払うことが、どうしてもできなかった。

＊

（……可愛いこと）

綺蝶は、考え込む蜻蛉の横顔を、煙草盆に灰を落としながら目を細めて眺めていた。

あの小さな頭の中で、どんな考えが巡っているのだろう。表情は百面相だった。否《いな》
――本当はあまり変わらないのだが、子供のころから見てきた綺蝶には、その変化がわかる。

（何かよからぬことを考えてるんだろうけど）

まあ、それでもよかった。蜻蛉が何を言い出すのか、楽しみだった。

（俺だったら何にするかな）

暇《ひま》にまかせて、綺蝶は考える。

（犯《や》らせて――とか？）

（いや、これは無理か）

（じゃあ、弄《いじ》らせてとか？）

（無理無理）

くす、と思わず笑ってしまう。

（でも眠ってたら悪戯《いたずら》できたのに）

裾《すそ》の方から布団《ふとん》を捲《めく》り、寝間着の裾をはだける。手をすべらせ、艶々《つやつや》した尻まであらわにさせて撫《な》でる……。

どこまでしたら起きるだろう？

都丸を嫌いな理由なんて、決まっている。蜻蛉がめずらしく気に入っているらしい客だからだ。本人の自覚は、どうやらないようだったけれども。

それに気づかない蜻蛉の鈍《にぶ》さが微笑《ほほえ》ましい。

（で……そのお気に入りの都丸は、俺に似てる、と）

「――なんだよ？」

よほど顔に出ていたのだろうか。

蜻蛉が怪訝《けげん》そうに睨《にら》んでくる。

「いやいや。なんでも」

綺蝶はにっこり笑って首を振った。

蜻蛉は、吐息をついて、また考え込む。

そうして思案《しあん》に耽《ふけ》っていると、つくりもののように綺麗な顔が、少し幼く見えた。

＊

らいけない。

退屈した綺蝶が、煙《けむり》を吹きかけてきたり、髪を引っ張ったり、くだらない悪戯をするか
蜻蛉の思考はどんどん纏《まと》まらなくなっていた。

（どうしよう）

けれど抗議しても、

「いやだったら、さっさと思いつけば？」

と言われるばかりなのだった。もう諦めて、されるがままになっていた。

「思いつかないと、朝になっちゃうぜ？」

と、綺蝶は言う。

「……それもいいかもな……」

無意識に蜻蛉は口に出していた。綺蝶が目をまるくするのを見て、はっとする。

「今のなし……！」

慌てて否定した。

でも、このまま何も思いつかなかったら、本当に朝までこうしていることになるんだろ

うか？　それでも何も出てこなかったら？

（……明日も？）

ありえないことを考える。

でも、その思いつきは不思議に甘くて、蜻蛉は自分の気持ちがわからなかった。

あとがき

こんにちは。または初めまして。遊廓シリーズではおひさしぶりです。鈴木《すずき》あみです。ずっと読んでくださってる方、ありがとうございます。今回初めての方も、主人公を変えてのお話なので、問題なくお楽しみいただけると思います。よろしくお願いいたします。前作・綺蝶×蜻蛉の番外編もあるよ～。

さて今回は、華やかなお職対決から一転、お茶を挽いてばかりいる妓のお話です。お茶挽きとは、お客がつかなくて売れ残っているということですね。地味な話ですみません……が、こういう妓はこういう妓で、けなげで可愛いんじゃないかと思うのですが、いかがでしたでしょうか？　勿論、最後はしあわせになるので、あとがきから読んでいる方もご安心くださいね。

ぜひご感想などお聞かせいただければ、大変嬉しいです。

そんなわけでこの一年のうちに、京都に行ってきました。取材というよりは旅行だったのですけど、そのときになんと、遊女の衣装を着てみたのですよ〜。

この歳になってやることじゃないだろ、とは思ったのですが、よく考えてみればこれから先、若返ることがあるわけじゃなし、一歳でも若いうちに一度くらい着ておくべきか？　と思い直したのでした。

結果、これがなんだかとっても参考になったのですよ!!　もっと早く着てみればよかった〜！　ただ衣装を着るだけのことがそんなに勉強になるなんて、全然考えてなかったのですが、やっぱり一度着ておくのとおかないのでは違うみたいです。着つけの方がとても詳しくて、いろんなことを話してくださったのも大変ありがたかったです。何でもやってみるものですね。

そして長襦袢が紅くなかった……。ショックでした……着たかった、紅い長襦袢……。

イラストを描いてくださった、樹　要《いつきかなめ》さま。いつもご迷惑をおかけして申し訳ありません。今回も可愛い忍と格好いい貴晃をありがとうございました。地味な妓だけど可愛く描いてくれ、などと無茶なことを言ってすみません。でもいただいたラフは本当に本当に可愛くて感動しました。特に「おさかな、こんぶ」の忍は死ぬほど！　可愛かったです。

担当Yさまにも、自由にやらせていただいてありがとうございます。それなのにいつもいつもすみません。つ……次こそは優等生で……頑張ります……。

そして最後に、超嬉しいお知らせを一つ。

前作「愛で痴れる夜の純情」が、樹要先生に漫画化していただけることになりました……!!

凄い……!!　凄いよ!!　私はもう、本当に凄く凄く楽しみです。こんな嬉しいことってないよ～！

お話の内容は、小説に添いつつ別のエピソードなども組み込み、原作を読んでくださった方は勿論、漫画から入る方にも楽しんでいただけるようなものになる予定です。ぜひぜひ読んでみてください。小説花丸冬の号（十二月三日発売）から連載です。綺蝶や蜻蛉がたくさん!!　会いにきてね。

遊郭シリーズもまだ続きます。こちらもよろしくです。

それでは、また。

鈴木あみ

Hanamaru Bunko

作家・イラストレーターの先生方へのファンレター・感想・ご意見などは
〒101-0063 東京都千代田区神田淡路町2-2-2
白泉社花丸編集部気付でお送り下さい。
編集部へのご意見・ご希望などもお待ちしております。
白泉社のホームページはhttp://www.hakusensha.co.jpです。

白泉社花丸文庫
夜の帳、儚き柔肌
2005年11月25日　初版発行
2007年2月28日　4刷発行

著　者　鈴木あみ ©Ami Suzuki 2005
発行人　藤平　光
株式会社白泉社
〒101-0063 東京都千代田区神田淡路町2-2-2
電話03(3526)8070(編集)　03(3526)8010(販売)
印刷・製本　図書印刷株式会社
Printed in Japan HAKUSENSHA　ISBN4-592-87449-8
定価はカバーに表示してあります。